장촌냉면집 아저씨는 어디 갔을까?

실천시선 219
장촌냉면집 아저씨는 어디 갔을까?

2014년 6월 16일 1판 1쇄 찍음
2014년 6월 23일 1판 1쇄 펴냄

지은이 신동호
펴낸이 김남일
편집 이호석, 박성아, 이승한
디자인 김현주
관리·영업 김태일, 박윤혜

펴낸곳 (주)실천문학
등록 10-1221호(1995.10.26)
주소 서울특별시 마포구 월드컵로10길 48 501호(서교동, 동궁빌딩)
전화 322-2161~5
팩스 322-2166
홈페이지 www.silcheon.com

ISBN 978-89-392-2219-9 03810

이 도서의 국립중앙도서관 출판시도서목록(CIP)은
e-CIP홈페이지(http://www.nl.go.kr/ecip)와
국가자료공동목록시스템(http://www.nl.go.kr/
kolisnet)에서 이용하실 수 있습니다.
(CIP제어번호:CIP2014017941)

실천시선 219

장촌냉면집 아저씨는 어디 갔을까?

신동호

실천문학사

차례

제1부

제2부

제3부

제4부

제1부

略歷

1975년 열한 살 봄, 수두를 앓다.
1979년 중2 가을, 國家를 생각해보다.
1980년 중3 봄, 폭도들의 광주를 걱정하다.
1981년 고1 봄, 사춘기 탓이었겠지만
목련이 진 뒤뜰에서 멍하니 있기도 하다.
여름, 탈춤을 배우다.
1982년 봄, 탈춤을 가르쳐주던 형들이
성조기를 불태우다. 탈춤반 없어지다.
1985년 봄, 國家를 의심하다.
광주 시민들을 살해한 정부를 알게 되다.
진달래 붉은 꽃잎만 보고도 울게 되다.
1987년 봄과 여름 사이, 거리에서 깨닫다.
愛國의 방법이 다를 수 있다는 것을.
2000년 여름, 너그러워지다.

2013년 다시 봄, 몸살을 앓다.
등이 간지럽고 가슴에는 통증이 오다.

愛國의 방법이 다를 수 없음을 수긍하다.
정부는 광주를 배반했지만 광주는 스스로
국가에 대한 사랑을 키워왔을 뿐.
광주를 벗어난 모든 것들이 賣國이었음을,
쓰다. 스무 살 적 절망을 다시 쓰다.

겨울 경춘선 2

막차. 겨울은 뼛속까지 밀고 들어왔다. 사랑이 고통이라면 다른 고통쯤은 다 잊고도 남았다. 시간이 가까워오면 조금씩 대화의 간격이 줄어들었다. 말줄임표도 사라져갔다. 우리들의 여행은 끝나가고 있었을까, 새벽을 기다리며 가난한 대합실의 작은 온기를 나누었을까. 사랑은?

종착역. 끝이 없는 여행은 없다. 없기에 슬프고, 없기에 다행이기도 했다. 혁명은 억지로 봄을 부르지만 겨울아, 왜 사랑은 눈꽃처럼 네 안에서만 피어나는 것이냐. 눈물이 떨어질 것만 같은 눈동자는 아직도 길을 찾아 헤매고 있었다. 길 끝에 종종 길이 없는 경우도 있었다.

건널목. 철로를 따라 우리가 가는 길은 일방적이고 무겁다. 차단기를 내리고 마을과 마을을 잇는 가난하고 느린 발걸음들을 가로막았다는 걸 자주 잊었다. 사랑도 혁명도 차단기를 내린 채 멈추지 않고 달려왔다. 위도와 경도가 만나는 지점을 지나쳐왔다. 눈은 쌓이지 못하고 그렇게 흩어져갔다.

영등포에서 보낸 한 철

낙타는 발자국을 남기며 걸었다. 사막은 뜨거웠고 나는 마른침을 삼켰다. 바람을 따라 민주주의는 자주 자리를 옮겨 다녔다. 모래언덕을 오르며 뒷걸음칠 때 마른번개가 몰아쳐왔다. 낙타는 천둥 속으로 묵묵히 걸어갔고 나는 목도했다. 피뢰침을 머리에 꽂고 장준하가 쓰러졌다. 김근태가 무너져 내렸다. 나는 오래도록 엎드려 신을 향해 기도했으나 그들은 일어나지 못했다. 아라비아 공주는 군사들을 이끌고 위풍당당하게 걸었다. 모래 먼지가 날려 사막은 어지러웠다. 낙타가 단봉 위로 사막의 죽음을 싣고 걷는 동안 패망한 제국은 간혹 신기루처럼 떠올랐다. 타는 목마름을 참으며 나는 피뢰침을 주워 들었다. 발자국을 따라 낙타를 쫓아갔으나 끝내 오아시스에 도달하지 못했다. 사막의 바람이 모래언덕을 옮겨놓고 있었다.

阿Q

젊은 무리들이 작당했지만 늙은 왕은 죽지 않았다네. 아버지의 담뱃갑에서 싸구려 담배를 훔친 나는, 혁명가 흉내를 내며 무리에 끼어들었다네. 城 안으로 숨어드는 개구멍을 알고 있었으나 칼의 종류를 가지고 한나절을 보냈다네. 워워. 늙은 왕은 공주를 데리고 정원을 거닐었다네. 왕의 곁에서 총을 든 젊은 군인들이 공주를 향해 무릎 꿇었다네. 나는 밤새 칼의 이름을 외었으나 무리에 합류하지 못했다네.

아버지는 내 귀를 쓰다듬었다네. 늙은 왕의 귀를 닮았다고 좋아했다네. 양복을 입은 취객이 맥주 한 병을 시키고 어머니에게 야지했다네. 새마을 모자를 쓴 아버지는 가게 밖에서 눈치를 보며 담배를 물었다네. 워워. 나는 그 모습을 보고 자랐다네. 그런 귀는 나라를 빼앗을 귀란다, 아버지는 늙은 왕이 나온 군사학교까지 나를 데려갔다네. 아버지는 내 귀를 핑계 삼아 늙은 왕과 친하다고 착각했다네. 내가 군인이 되면 당신도 강해진다고 생각했다네.

젊은 군인들은 은퇴하여 벤츠를 사고, 젊은 무리들은 아직 칼을 고르고 있다네. 누이들이 벤츠에서 팬티를 벗는 동안 칼을 고르고 있다네. 전염병처럼 혁명이 왔다가 카-알(Karl)만 남았다네. 정신적으로는 여전히 우월하다네. 과연 그럴까 모르겠다네. 공주가 城 밖에서 늙은 왕의 옥새를 들고 식민지 백성을 용서하고 있다네. 아버지는 어린 손녀가 공주를 닮았다고 좋아한다네. 늙은 왕은 죽지 않았다네. 늙은 왕은 워워.

가을 나그네

운명처럼 나는 먼 길을 가네
억새 흔들리는 바람 길
아스라이 날은 흐려, 어두운 길
얼마나 깊은 죄였나
열망을 이루지 못하였네
열에 들뜬 후회를 짊어지고
울 듯 울 듯 울지 못하고
역사가 버린 시대를 한탄하지 않고
엽서만 한 서사시를 남기고 가네
언제 共和國은 돌아올 것인가
입가 주름 사이로 새 나오는 한숨
어디 도착지를 모른 채 가네
억새 빛나는 황혼 길
어찌할 줄 모르는 순수만 남기고,
어떤 파국이 나를 반길까
울긋불긋 가을 속으로 가네
우울 한 점 지고 나는 가네.

늙은 코끼리

왼쪽 가슴 위쪽에 통증이 온다. 사람들이 하나둘 내리고 버스가 종점 가까이 갈 때, 저문 거리에 한 방울 빗물이 내릴 때, 고기만두 다섯 개랑 김치만두 다섯 개가 봉지에 담겨 식어갈 때, 노원역 사거리에 안철수의 현수막이 커다랗게 걸려 '새정치'가 나를 내려다볼 때, 나의 사십 대는 수락산 능선의 떡갈나무처럼 통째로 쓰러진 건 아닌가. 잎이 떨어져 쌓이고 또 묵은 잎이 잊히는 동안 흔들리는 버스의 리듬에 익숙해진 나이테는 졸고 또 졸고. 통증의 주기는 잦아진다. 이제 종점에 내리면 무리로부터 벗어난 늙은 코끼리처럼 터벅터벅 무덤을 찾아가야 할까. 아릿하게 종아리에 뱄던 알이 기억나면 푸석한 먼지 속을 또 걸어가야 할까. 외로운 건 그저 없던 길을 간 탓 아닌가. 왼쪽 가슴 위쪽 통증이 두려움처럼 혹은 두근거림처럼 온다.

祈福

유물론은 한국에 와서 미륵불이 되었다.
빌고 또 빌지만
유물론이 유세장에 와서 대중들 사이를 비집고 갈 리 없다.

진보는 변증법의 이름으로 기도한다.
하늘에 계신 변증법이여 이름을 거룩하게 하옵시고
아무리 그래도 역사는 발전할 것이옵고.

역사는 비틀대고, 지그재그로 걷는다.
민화협 회의실에서 과격한 발언을 일삼던 노동조합 간부는
말끝마다 변증법을 들먹였다.
발전할 것이니까 입 닥치라고? 한심스럽다고?
나는 비틀댔다.

그렇게 유물론은 祈福 안에서 질식했다.
역사가 합법칙적으로 발전한다는 생각만으로

어두운 과거의 발걸음을 되돌릴 수 있을까.

기독교는 정직하게 메시아를 기다린다.
한국의 진보는 변증법의 맹신자일 뿐이다.
유물론은 그저 모로 누운 부처다.

당산나무 증후군

1

심한 습곡이 나무 안에서 일어났으나 나이테는 쌓여갔다. 그사이 분단은 이미 그 자체로 이념화되었다. 편서풍은 아직 자오선을 넘지 못했다. 그사이 대한민국 기독교는 분단을 고난의 과정으로 두었다. 적절했다. 종교적 신념은 유지되었다.

화산은 식었다. 분단은 민초들에게 환상을 심어주었다. 슬픔을 이질화했다. 불행을 이기고, 지우고, 망각하게 했다. 시간은 느렸다. 오히려 상대적 위안을 주었다. 죄의식에 면죄부를 주었다. 도덕적 참회의 기회를 주었다. 식민지의 기억은 잊혔다. 부역은 식었다.

누가 이런 현실을 극복하고자 할까. 나무의 뿌리는 보이지 않는다. 이 절묘한 시대상은 분단을 이념화한 민초들 스스로의 작품이다.

눈뜬 자들은 불행하다.

2

광합성은 1차 산업이다. 지식인들은 이미 자신들이 비생산적인 일을 하고 있다는 사실을 누구보다 잘 알고 있다. 태양의 흑점에 관심이 많다. 구조가 무너지면 처형당해야 한다는 사실을 눈치채고 있다. 나무는 흙을 묻혀가며 생존한다.

세계를 전복하는 건 광합성이다. 지식인들의 시도는 근본적으로 흉내에 지나지 않는다. 단지 생산자들에게 잘 보이기 위해 근엄한 표정을 짓는다. 그저 바람 같다. 나무를 뽑는 일은 곧 자신의 죽음을 의미한다. 반대로 생산자들은 권력의 놀이를 즐긴다.

사회적 정의에 대한 미묘한 방관, 영웅에 대한 찬사, 찬사를 통한 영웅의 제거, 그러나 자신은 영웅이 되길 원하지 않는다. 나뭇잎은 흔들릴 뿐이다.

3

지각은 변동하지만 여전히 우리에겐 땅이다. 나무는 지각하지 못하는 정도로만 자란다. 민초들의 전략은 지식인들을 돈의 노예로 만드는 것. 똑똑한 자들을 권력 다툼 속으로 몰아넣는 것. 생동하는 삶으로부터 의심하여 멀어지게 하는 것. 스스로 검열하게 하는 것.

해인사 입구에서 촌로 한 분이 거대한 나무의 밑동을 쓰다듬고 있었다. 부르르 떨고 있었다. 가늘고 길게 살고자 하는 열망이 무섭게 전해졌다. 많은 자손을 보았을 것이다.

섬뜩했다.

아무것도 변화를 위해 오지 않았다.

어떤 진보주의자의 하루

오전 여덟 시쯤 나는 오락가락한다.
20퍼센트 정도는 진보적이고 32퍼센트 정도는 보수적이다.
학교에 가기 싫어하는 막둥이를 보며 늘 고민이다.
늘 고민인데 억지로 보내고 만다.

정확히 오전 열 시 나는 진보적이다.
보수 언론에 분노하고 아주 가끔 레닌을 떠올린다.
점심을 먹을 무렵 나는 상당히 보수적이다.
배고플 땐 순댓국이, 속 쓰릴 땐 콩나물해장국이 생각난다.
주식 같은 건 해본 일 없으니 체제 반항적인 것도 같은데,
과태료나 세금이 밀리면 걱정이 앞서니 체제 순응적인 것도 같다.

오후 두 시쯤 나는 또 오락가락한다.
페이스북에 접속해 통합진보당 후배들의 글을 읽으며 공감하고
새누리당 의원의 글을 읽으면서 '좋아요'를 누르기도 한다.

정확하진 않지만 대략
41퍼센트 정도는 진보적이고 22퍼센트 정도는 보수적이다.
나머지는 잘 모르겠다.
친구 김주대 시인의 글을 읽으며 킥킥
그 고운 눈매를 떠올리다 보면 진보, 보수 잘 모르겠다.
진보와 보수를 가르는 그 일도양단이 참 대단하고 신기
하다.
주대가 좋아하는 큰 엉덩이에도 진보와 보수가 있을까?
싶다.

오후 다섯 시가 되면 나는 존다.
예전보다는 많이 줄어든, 술 먹자는 전화가 온다.
열 중 아홉은 진보적인 친구들이고 하나는 그냥 친구다.
보수적인 친구가 나에겐 없구나, 생각한다.

오후 여덟 시 나는 대부분 나쁜 남자다.
가끔은 세상을 다 바꿔놓을 듯 떠든다.

후배들은 들은 얘길 또 들으면서도 마냥 웃어준다.
집에 갈 시간을 자주 잊는다.

오후 열한 시 무렵이 되면 나는 일반적으로 보수적이다.
어느새 민주주의와 역사적 책무를 잊는다.
번번이 실패하지만 돈을 벌고 싶고, 일탈을 꿈꾼다.

자정이 다가오자 세상은 고요하다.
개구리는 진보적으로 울어대고 뻐꾸기는 보수적으로 우짖는다.
뭐 그렇게 느껴진다는 것이다.
늘 그렇지만 사상보다 삶이 먼저라 생각한다.
그것이야말로 진보적일지 몰라, 하면서
대충 잔다.

자작나무

자작나무가 자랐어요
감지 않은 머리 사이로 순록이 지나가요
순록을 따라왔겠지요
정수리 부근에서 늑대의 울음소리가 들렸어요

타타르인 사냥꾼은 매복 중인가 봐요
엄폐물은 벽돌로 촘촘히 쌓였어요
사냥꾼은 자본주의라는 총알을 장전하고
프롤레타리아 사상을 조준하고 있어요
나타나길 기다리고 있어요
순록이 무심하게, 사상도 없이 걷잖아요
이내 사냥꾼은 아내의 움막으로 돌아갈 거예요
자주 있는 일이거든요

머리는 온통 原始林이 되었어요
여름 숲은 아무렇게나 풀이 자라요
산딸기가 붉게, 종기처럼 피어서 가끔 가렵고요

어린 자작나무의 껍질이 하얘지고

장마는 아직 오지 않았어요

시베리아를 지나간 적군의 기억은 먼지가 푸석해요

사냥꾼은 빈손으로 돌아와

이내 도시로 갈 거예요

무사하시지요? 장마는 아직 오지 않았어요.

譜學

광운인 약을 먹고 바다거북이 되었다. 유물론이 녀석의 머릿속에 들어가면 마태복음이 되었다. 칸트를 읽고도 운동권이 될 놈이었다. 어느 날 친구들이 우리를 CA라 부르더니 녀석은 피가 섞인 파도를 한가득 토해놓고 군댈 갔다.

창수 형은 사노맹을 했다. 레닌이 되고 싶어 했다. 나는 그래도 레닌에겐 형이라 안 한다. 핀란드역엔 눈이 내렸겠지만 남춘천역 포장마차의 흔들리는 불빛이 없다. 좀 가물가물하지만 레닌이나 마르크스의 사상을 알고 나서 운동권이 된 게 아님은 분명하다.

조그만 여자가 인문대 계단 끝에 앉아 담밸 폈다. 찬바람을 맞고 자란 사람에게는 자작나무 냄새가 난다. 막걸리 자국을 예쁘게 봐준 이상한 여자가 종혜 누님이다. 불러 앉혀 민족 해방 얘기를 안 했음은 분명하다. 맨날 고향 얘기만 했다. 근데 난 운동권이 되었다. 누님의 머리칼은 잘 다듬어져 있었고 바람이 거길 지나 내 가슴으로 왔다.

남철 형이 「주체사상에 대하여」를 읽었을 리 없다. 주체사상을 읽고 운동권이 된 사람은 단 한 명 김영환이다. 남철 형하고 술 먹다 보면 그냥 NL이 된다. 형의 자취방 문을 부수고 들어가 난장을 만들어놔도 '내 새끼' 했다. 사상 없이도 운동이 된다는 걸 그의 깔깔한 수염이 가르쳐줬다.

골목, 제일분식에선 계급 운동이 막걸리를 마시고 이모집에선 민족 운동이 젓가락을 두드렸다. 이내 골목의 악다구니는 뒤섞여 바다로 갔다. 레닌과 품성론은 아직도 논쟁 중이었던가 보다. 우리가 형님, 누님 하며 낄낄대고 세상을 바꿔낼 때 잘 보이지 않았다.

水石

버려야 할 때다
세기는 가득 찼다
서가는 지식의 허영으로
머릿속은 생존과 무관한 정보가 가득해
나는 쓸모없는 길로 자주 간다

버려야 할 때다
세상은 가득 찼다
가득 차서,
정작 필요한 걸 담을 수 없으니
하릴없이 인터넷을 켜고
정보의 바다에 내가 담겨버린다

水石은 어느 순간에 다다르면 버린다
비우기 위해
강가를 하염없이 걸으며 줍고 또 버린다
水石은 버리는 법을 깨달을 때까지

집 안을 가득 채웠던 것

버려야 할 때다
머릿속이 가득 찼다
낡은 이념 위에 먼지가 뽀얗다
돌밭을 오래 걸어야 할 때다
발이 아파야 할 때다.

평양냉면

열두 살 때, 아버지 손에 이끌려 요선동 평양냉면을 첨 먹어봤다. 친구가 없던 아버지는 복더위에 삼계탕이나 개고기를 드실 때 꼭 날 데려갔다. 냉면 맛은 참 밍밍했다. 아버지 인생이 그랬다. 전쟁 통에 청각이 포격 소리와 함께 진흙탕에 묻혔다. 낚시찌처럼 강물 위에서 말없이 흔들리는 게 인생이었다.

사랑이랍시고 절망에 몸부림치거나 시대에 모든 걸 바친다고 유치장과 감옥을 들락거렸으니, 꽤나 드라마틱한 삶 같지만 결국은 고만고만한 게 인생이다. 분노도 삭고 열등감 따위 아무것도 아니란 걸 알았을 때 냉면집 문턱이 닳도록 다니게 되었다. 양념 하나 없는 투명한 육수가 오래된 친구들 같아서 낮술에 자주 쓰러지던 시절, 전투력 없이도 툭툭 끊어지는 면발 앞에서 자주 무너지던 나이였다. 참으로 밍밍한 게, 뭐가 잘난지도 모르게 된 내 맘 같았다.

서른일곱 살 때, 첨 대동강변에서 평양냉면을 먹어봤다.

유산 한 푼 없이 낚싯대 몇 개 남기고 간 아버지의 인생, 가끔이었지만 그 원망스러운 날들이 밍밍하게 희석되는 경험을 하고 말았다. 인생과 인생이 만나서 얼마나 더 질기게 한을 남겨놓겠는가. 고명들처럼 소박하게 어울리는 게 인생이다. 우리만 한 마음이 수두룩한 평양이었다.

제 2 부

색동저고리

눈발이 날리는 개성공단에서
러시아 샤프카를 쓴
조선노동당원을 만났다
정권이 바뀌던 해 세밑이었다
반갑게 손을 잡고
긴급히 토론할 일을 묻자
그냥 보고 싶어서였단다
봉동관에서 송악소주를 마시고
낮부터 넥타이를 풀었다
정치 없는 만남이 있을 수도 있다고
털게의 속을 하릴없이
이리저리 뒤적이다가
간혹 남북 관계를 걱정하기도 했다
항일 무장투쟁 시기의 눈보라나
지리산 얘기도 시시해지자
우리는 노동당식의 음담패설에
귀를 기울였다

밤은 깊어갔고 고요했다
눈이 수북이 쌓여가는 모양이었다
맑은 소주병 안으로
눈물이 고여가고
막내딸 걱정이나 첫사랑의 기억이
애절하게 떠올랐다
이래도 되는가 이래도
혁명가요는 잦아지고
운동가요가 서사에서 서정으로 옮겨가자
누군가 〈색동저고리〉를 불렀다
—내가 입은 저고리 색동저고리
　아롱다롱 무지개 정말 좋아요
평양관광대학에서 익혔을
눈웃음이 고운 누군가는 기타를 쳤고
중년의 남자들은
북쪽의 탁아소 노래를 따라 불렀다
무용이 곁들여진 봉동관은

남쪽 어디 유치원으로 변해갔다
애써 순수해지고 있었다
정권이 바뀌던 해 세밑이었다
조선노동당원의 어깨를 부여잡고
언제 또 만나냐고 묻자
대답 대신 바람이 불었다
그들은 개성 시내로
우리는 공단으로 발을 옮겼다
노트에는 음담패설만 총총히 적혔고
눈은 그치지 않았다
샤프카 모자가
자꾸 멀어져갔다.

어느 부부

여맹위원장인 여자가 토장국을 끓인다. 남자의 한숨이 군모를 들썩인다. “함북으로 간다.” 관모봉 자락의 눈보라가 기억을 끄집어내니 어깨 언저리가 시려온다. 여자가 갑자기 양말을 벗는다. 피부가 물러진 새끼발가락 쪽을 긁다 말고 자식 걱정이다. 남자가 토장국에 수저를 담가 휘휘 젓는다. 봄나물 몇 개가 둥둥 떠 부초처럼 가볍다. 여자가 벽에 걸린 사진을 툭 건드려본다. “그니까네 최룡해 줄을 잡으라 안 했네?” 남자가 일어서 벽에 걸린 사진을 바로잡고는 한 발치 물러서다 밥상을 찬다. 토장국이 방바닥에 뒹군다. 몇 점 고깃덩어리가 꿈틀대자 남자가 식욕을 느낀다. 떨어진 젓가락을 주워보는데, 여자의 발목이 희다. 희다. 은하수처럼. 배고픈 한낮의 병사들, 그들의 하늘처럼. 처녀들의 저고리처럼. 남자의 성기가 장거리미사일처럼 솟아 낡은 군복을 팽팽히 당긴다. 여자는 어딘가에 전화를 걸고 있다. 걸레를 들고 남자는 여자를 쳐다본다. 여자의 얼굴이 달덩이 같다. 위성들처럼 햇빛을 받아 빛난다. 빛을 잃은 남자가 태평양 상공을 가열차게 꿈꾸지만 미사일은 어느새 추락하고 있다. 함북의 바람이 아랫도리로 휑하니 지난다. 여자가 장롱 어디에서 달러를 꺼내 든다. "금옥인 평양 처녀야." 인민군 대좌인 남자가 토장국을 끓인다. 여자가 양말을 신고 집을 나선다. 남자가 토장국의 봄나물처럼 둥둥 떠오른다. 둥둥, 북소리처럼, 진격의 북소리처럼. 시든다. 아침이다.

정방산

정방산에 여자가 사네
주근깨를 민얼굴에 드러낸 여자,
성불사 주지와 눈인사를 나누네
떡갈나무 잎으로 비가 내려 홍건족의 흰 뼈가 드러나네
바위들이 쏟아져 내릴 듯 시야가 좁아지는 동안

계곡 사이로 바람이 지나가네
고집스럽게 문명을 들고 가는 남녘의 사내들을 향해
빛바랜 남포빛 치마를 흩날리네

성불사의 종소리가 빗소리를 뚫고 들려오네
여자의 아이가 보고 싶네
멈춘 시간이 지나간 시간을 향해 손짓하네
머리 위에 문명의 피뢰침을 꽂은 사내들이
천둥과 번개를 피해 집을 찾는 사이,
들국화 머리의 여자가 낡은 우산을 펴네
여자의 머릿속을 파헤쳐 주체사상을 들여다보고 싶었네

여자가 가네

버스 안에서 되려, 자꾸 여자를 돌아보네

잉여 사회가 식량 배급 사회를 돌아보네

잠자던 주승이 나와 서울을 만나네

당황한 문명인들이 원주민의 도움으로 목숨을 건지네

정방산, 남태평양의 해안 같은

여자가 우산을 쓰고 가네

빗줄기에 오만이 씻겨가네

정방산에 여자가 사네.

미인송

온정리의 아슬아슬한 불빛을 바라보며 우리는 한 시간여 밀무역꾼들처럼 삼을 거래했다. 비로봉은 눈이 쌓여 극락같이 빛나고 황진이의 하얀 입김처럼 조선 시대 여인의 생이 겨울 하늘로 흩어지고 있었다. 황진이를 사랑하던 '놈'이의 운명도 더불어.

놈은 인민군 초급장교였다. 살벌하게 다가와서는 뭐 하는 사람들이냐고 물었다. 우리는 긴장한 채로 사업차 온 사람이라고, 혹시 임수경을 아느냐고. 어쩌고저쩌고 제가 멋대로 림수경을 꾸며대더니 '씩' 하고 하얀 이를 드러내며 내민 것이 삼이었다.

부하들을 시켜 비로봉에서 캔 산삼이래나 뭐래나. 제대하면 종합대에 입학하기로 되어 있는데 학비가 부족하대나 뭐래나. 아무튼 우린 거액을 주고 그걸 샀고 가방 깊숙이 숨겨 반입했다. 금강산 산삼인 줄 알고 두근두근, 그 삼이 장뇌삼으로 밝혀져 소주 안주로 씹어대기 전까지 두근두근.

눈이 쌓인 길섶에는 오후까지 미인송이 추위에 떨고 있었다. 왠지 가슴이 더워져『임꺽정』의 길막동이처럼 아무 여인이나 끌어안고 싶은 날씨였다. 벽초를 닮아 이마가 가파른 북녘의 친구가 증조부의 언어처럼 제 나라 얘기를 구어체로 떠들어댔다. 핵실험 얘기도 그 친구의 입에서 나오면 신기하게도 구수했다.

장벽이 없었음을 확인하던 금강산이 두려웠던 게다. 우리 모두. 장벽이 있어야 편안한 우리 모두. 눈보라 속에 속살을 드러낸 미인송이 자꾸 눈에 밟힌다. 젠장, 우리에게 사기 친 인민군 놈이 종합대에 제대로 입학이나 했는지 왜 자꾸 궁금한지 모르겠다.

묘향산 小記

텅 빈 길, 북방의 사내들은 아직 산속에 칩거 중이다
소싯적 소나무 등걸에 몸을 부비고 부끄러움도 많았다
곤장에 죽사발 난 아비는 산에서 울었다
소쩍새 한 마리 집 뒤 어디 아비를 따라 우는 밤

눈이 내린다 눈이, 남도 끝 분 냄새를 가져온 각시야
아직 끝나지 않은 반란이 낯설지?
허리까지 차오른 눈을 덥혀 우리는 길을 만든다
미련한 세월은 우리를 여태 홍경래라 부르기도 한다

가난이야 이골이 나서 옥수수가 난지 내가 옥수순지
낡은 마차가 고개를 힘겹게 넘는 동안
영변 진달래 너머로 경수로가 공존하는 거 또 낯설지?
반란에도 이골이 나서 적이 난지 과연 있기는 한 건지

안개 내려와 청천강에 잠긴다
보현사 대웅전에는 목탁을 놓은 서산대사가 서성인다

시간이 멀어지면 가난도, 선군 정치도, 대포동 미사일도
누군가 다르게 불러주겠지. 아, 염불이 멈춘 밤이라니

칩거 중이다, 마늘과 쑥으로 견디는 중이다
수줍은 북방의 사내들은 소쩍새처럼 우는 중이다
오래도록 눈이 쌓이면 가끔 분 냄새가 그리워지겠지
길이 비었다, 반란은 과연 있기나 했던가?

짧은 여행의 기록

블라디보스토크의 밤은 무법천지다
그 거리를 걸을 수 있는 자는
보드카에 취한 로스케, 조직원, 독립군들뿐
출입을 저지당한 호텔 입구에서
희미한 가로등의 거리를 보았다
비굴하게 살아남은 친일파처럼
몇 번인가 여권과 지갑을 확인하면서
인적이 끊긴 거리를 선망했다
한 시간 전
인민군 팔군단 출신의 민경련 참사가
한쪽 어깨를 삐딱하게 흔들흔들
늙은 배웅과 함께 어둠 속으로 들어갔다
낮에 시장에서는
내 뒤에서 쑥스러워하던 그였다
밤새 총소리에 잠을 설쳤지만
정작 총소리는 들리지 않았다

우수리스크에서 탄 버스는
눈 덮인 연해주를 말처럼 달렸다
규칙적으로 덜컹거리며
창문 틈으로 눈보라가 얼굴을 때렸다
중·러 국경은 자작나무로 가득했고
뚱뚱한 로스케가 국적이 다른 두 여권을
번갈아 살펴보았다
세관을 지난 민경련 참사가
러시아 쪽으로 오줌을 갈겼다
어젯밤 식당에서는
계산대에서 머쓱해하던 그였다
자작나무 뒤에서 눈치를 보던 내가
그의 곁에서 오줌을 갈길 때
언 땅에서 김이 모락모락 솟았다
나도 한쪽 어깨를 삐딱하게 한 채
오줌발에 힘을 주었다, 독립군처럼
훈춘으로 가는 길 어디에서 겨울 까마귀가

배고픈 소리로 울고 있었다.

박철벽

—비탈뿐인 평북 산골에서 쌀 한번 제대로 먹어보지 못한 할아버지는 國民이 뭔지 몰랐다. 인민군이 되어서 전쟁을 치른 뒤 자기도 누군가를 위해서, 뭔지 잘 모르겠지만 어떤 집단을 위해 쓸모가 있을 수 있다고 생각했다. 일제 때는 기와집 개만도 못했는데 슬며시 '나'라는 인식이 생긴 것이다. 이거 쉽지 않다. 이렇게 생긴 자의식을 쉽게 버리지 못한다. 그 할아버지가 박박 우겨서 이름을 철벽으로 지었단다.

일제 때 소학교 1년이 전부인 아버지는, 마을 어른들 장기판을 기웃대며 馬길이나 익히던 아버지는 國家가 뭔지 잘 몰랐다. 국방군이 되어서 전쟁을 치른 뒤 그 대상이 공산당이든 뭐든 나라를 지키는 데 기여했다고 생각하게 되었다. 식민지의 후테이센진(不逞鮮人)이 아니라 국가의 일원이 된 것이다. 그렇게 생긴 자부심은 쉽게 버리지 못한다.

철벽이 할아버지나 아버지나 뭐가 그리 다른가 말이다. 전쟁 통에 목숨을 담보해 얻은 '나'를 부정하긴 어렵다. 그가 박정희를 맘속에 담고 있든 그가 김일성을 맘속에 담고 있든 뭐가 그리 다른가 말이다. 6월 항쟁을 통해서 '나'를 찾았다고 더 훌륭한가? 그들이 역사의 뒤안길로 하나둘 사라지고 있다. 그냥 그들을 모두, 그 지나온 삶을 존중하면 안 되나?

만날 때마다 군청색 넥타이를 맸던
철벽이 아버지가 아프다
은실이 수놓인 붉은색 넥타이를 선물했지만
다음에 또 군청색 넥타이를 맸던
철벽이 아버지가 간이 좋지 않다
우리가 철벽이 이름을 듣고 웃을 때
김일성종합대에 입학했다고 자랑하던
철벽이 아버지가 사업 일선에서 물러났다
평양 민족식당에서 억지로 먹인,
남쪽식 소맥 세 잔에 얼굴 붉어진,
철벽이 아버지가 병상에 있다
태풍이 서해안을 따라 북상하는 동안
자본주의와 사회주의가 동시에

자연재해 앞에 노출돼 있는 동안
바람처럼 철벽이 안부가 궁금해졌다
철벽이 아버지 병문안이 가고 싶어졌다
긴 부제를 달고 싶어졌다.

백별님

봉건의 그늘이 가방 안에 가득 담겼다
혁명을 해야 하는 사내들은 뒷짐을 지고 양반처럼 걸었고
다섯 개의 가방을 짊어진 별님이만 전사처럼 걸었다

백두산은 문맹처럼 그저 시시덕거렸다
임꺽정의 아내 운총이가
미나리 냄새를 확 풍기며 자작나무 숲으로 뛰어갔다
글을 익힌 꺽정이만 걱정이 많아 보였다

미인송들이 사회주의처럼 줄지어 선 백두산
만주의 바람이 빨치산처럼 갑호경비도로를 지나는 동안
항일의 전설들이 풀잎처럼 흔들거리는구나

삼지연 물결만 잔잔하게 추억을 더듬는다
진달래는 혁명사를 교양하듯 흐드러지게 붉기만 하고
별님이의 노래는 남쪽 사내들의 가슴을 뜨겁게 한다
가슴이 식어버린, 서럽이 같은

머릿속 문자들을 모두 지우고 학습된 몸짓도 모두 잊고
가방은 자본주의의 오빠들이 들어줄게
별님아, 生은 하산길처럼 자꾸 뒤돌아보기도 한다.

심양, 은어조림

사상은 손맛이 다른 식당의 음식 같다
평양관에서 무지개식당을 거쳐 평심각에 와서
은어조림에 대한 품평이 이어졌다
사상은 서사보다 못하고 서사는 친구보다 못하다
사상으로 이어진 끈이
흔히 냉정하게 돌아설 때
심양시 서탑의 복잡한 길목에 남겨둔,
서러운 식민지의 기억
종파는 만주에도 있었고 우리에게도 있다
수증기 속에서 은어가 무와 더불어 익어가고
팔월의 열기 안에서
간혹 분노와 더불어 마음들이 들끓는 동안
분노의 근거는 무엇이며
종파는 결국 식민지가 남겨준 우리들의 버릇 혹은 위축
서사가 없는데 어떤 분노가 이유를 찾을 수 있을까
동정을 분노로 감추는 자본주의의 위선
혁명을 포기했다고 고백하지 못하는 중년의 위선

작은 맛 차이를 가지고 목숨을 걸어왔던 것일까
옥수수국수를 시키다 말고 젓가락을 들다 말고
모든 진보가 의심스러워졌다
운동을 시작하고 사상을 선택하였으므로
사상으로 친구를 선별한 적 없었으므로
서사를 늘 뒷전에 두었으므로
은어 알이 입속에서 터져 미각을 자극하는 순간
모든 선언과 확언이 의심스러워졌다
그때, 눈앞에 앉아
황해도와 평안도의 수해를 걱정하던 친구
은어조림으로 떨어진 그의 눈물만 빼고
조심스럽게 쌀을 언급하던 그 목소리만 빼고.

국수

—백석 생각

산꿩의 눈물을 닦아주지 못했나요
가지취 냄새가 난다던 여승은 만나셨는지요
양강도 산수군 관평리 협동농장의 밤엔
찬물에 배추를 씻던 아낙들이 없었는가요

혁명은 선전선동으로 오지 않고
혁명은 조직화와 조직도로 오지 않고
혁명은 교양과 설복으로 오지 않고
혁명은 그저 말 한마디
우리가 쓰는 모국어 한마디
'어머니'에서 오는 건 줄 알았어요
레닌을 읽은 이들은 모두 어데 가고
여기서는요, 당신을 읽은 이들만 미련하게
혁명의 주위를 서성이네요
수령과 당은 어찌 그걸 몰랐을까요

눈이 서걱한 겨울날, 달은 밝은가요
쨍쨍한 동치미 국물에 넣을 메밀을 삶아야지요
눈 산을 돌아 오늘 낮엔 꿩 한 마리를 주웠는지요
당신의 국수를 먹고픈, 쓸쓸한 밤입니다.

마른 옥수수

저무는 지붕 위로 초승달이 걸렸네
기왓장 몇 부스러지는데
안개처럼 길을 막아 망설이게 했네
천리마운동 뒤로 갈지 못한 건
어찌 기와뿐이겠는가
'나'를 발견한 건 참으로 대견했네
새벽별이 마당으로 떨어질 때
사금파리를 줍는 일만으로도 벅찼는데
아직 갈지 못한 건 내 마음뿐이었네
끝내 철조망은 걷어지지 않았네

기독교는 모든 죄를 사해주고
빨갱이는 모든 친일 부역을 사해주고
분단은 매국을 사해주고
'나'를 발견한 전쟁은 오래 기억되어
반공을 전각처럼 새긴 국민이 되었는데
나는 무엇을 새긴 인민인가

저무는 담장 아래로 노을이 걸렸네
옥수수 알갱이 몇 목에 걸려
사라져가는 이웃을 세지 못했네
가끔 당원증을 넣어둔 서랍을 잊어
텅 빈 창고를 서성였네
'나'를 발견한 건 참으로 용했네
가련한 이들이 옹기종기 고난의 시대를
다독이며 다독이며 건널 때
노을 너머로 지는 건 해뿐이었네
끝내 철조망은 걷어지지 않았네.

인순이

〈비닐 장판 위의 딱정벌레〉를 들은 이후 인순이가 좋아졌다. 에레나의 애절한 몸짓은 전쟁이 낳은 비극이었다. 대서양 건너로 팔려 간 흑인 노예들이 총을 든 채 태평양을 건너 여기로 왔다. 그때 그들은 비로소 노예가 아니라 아메리카의 시민이 되었다. 누님은 에레나의 눈물을 흘리며 검은 피부를 주민등록증에 새겨 넣었다.

내가 "북에도 혼혈아가 있나요?"라고 물었을 때, 잠시 어리둥절해하며 곧 "없다"는 소리가 메아리처럼 들렸다. 혁명 직후의 모스크바는 빛나는 보석처럼 사람들을 유혹했을 터, 생텍쥐페리가 기차에 몸을 실었을 때 영혼은 사회주의로 진격했을 터, 돌아온 그에게 모스크바는 추락한 우편 비행기였다. 샤갈이 고향을 떠나올 때 눈 내린 마을은 사회주의 이전이었다.

"인순이라는 흑인 혼혈 가수가 있는데요, 평양에서 공연을 하면 어떨까요?"라고 물었을 때, 그들은 의자를 고쳐 앉았다. 곧 "우리 인민들은 흑인을 싫어합니다"라는 소리가 녹음된 목소리처럼 들렸다. 문화적 성숙이란 억지로 만들어지지 않는다. 문화혁명이 증명했다. 낡아가는 주체식 협동농장을 자존심으로 여기는 만큼 좀 더 문화적 자존심을 발휘하길 바랐던 건 시기상조였다.

〈거위의 꿈〉을 들으며 에레나가 비닐 장판 위에 떨군 눈물의 세월을 기억한다. 검은 피부에서 흐르던 땀방울이 오히려 더 맑게 빛나던 그날 밤. 대서양을 건너던 노예선과 전쟁의 비극이 한줄기 서사로 다가왔다. 혁명사의 곁에 흑인 노예의 역사가 나란히 꽂힌 인민대학습당, 그 서고를 떠올려보는 건 그들의 가슴에도 노을이 지기 때문이다.

평양, 가방

과태료 고지서를 깜박하고 평양까지 가지고 갔다
납기 후 금액에 안달하던 자본주의 버릇까지 가지고 갔다
가방 안에는 물망초 라이터, 방북 명단이
뒤섞여 있었다, 가만히 도로 닫았다

해가 저물자 느린 발걸음과 함께 혁명은
지루하게 늘어갔다
노을처럼 붉은 당원증은 집에 두고 왔는가 보다
사람들의 등에는 풀이 한껏 자랐다
초식동물이 되어 터벅터벅 쫓아가보지만
잡을 수 없다, 어둠속으로 사라져갔다

그들이 등에서 키운 풀은 푸른색 가방이 되었다
혁명의 무거운 짐을 내려놓기에 아직 이른 시간이다
가방 안에는 식량과 학습서가 담겼을 것
없는 길, 보이지 않는 길
비슷한 움직임으로 토장국을 먹고, 애매한 목표를 향해

걷고

풍경만 남았다, 장면 안에서 배경으로만 남았다
을밀대의 길게 자란 풀처럼 과업만 무성하다

몇 가락 레게 음을 꺼내놓았다, 가볍게 가볍게
머리를 흔들흔들 고지서에 인쇄된 자본의 숫자들
그 견고한 행정망 몇 가닥도 꺼내놓았다
물론 남몰래 애타던 빚과 눈물까지
빈자리에는 그들의 기억과 고통을 담았다
무겁다, 무겁게 돌아와야 했다.

사리원 처녀

병신같이, 때가 어느 땐데, 그 처녀가 보고 싶다
살은 튼실하고 손만 발갛게 코스모스처럼 수줍던

건설돌격대 출신인 아우는 교화소를 탈출해서
열아홉에 압록강 상류를 건넜는데
그때까지 연애를 못 해봐서 그리운 여자가 없다는데

개성 봉동관에서 처녀는 수작을 받아주며
남쪽 아저씨들에게 수령관을 심어주었을지 모르는데

겁도 없이, 핵을 포기하지 않는, 그 처녀가 보고 싶다
여름이 국정원 댓글처럼 비루하게 종북이 된 가을

자강도 희천이 고향인 아우는 묘향산을 보고 자라
열아홉에 돌격대의 지도원이 되었는데
끝내 당원이 되지 못하고 압록강을 건넜는데

여기서도 끝내 보수주의자는 되지 못하고
아우나 나나 그저 남쪽에서 얍삽하게 살지 못하고

고향 사리원, 약밥같이 보슬한, 그 처녀가 보고 싶다
사랑이 내란 음모로 체포되는 대한민국 가을에.

방울꽃

석탄 연기가 남은 도시의 골목에서 너를 만난다
만주국의 기억을 제거한 아스팔트가 뜨겁다
그동안 편협한 독서를 한 탓일 게다
아직도 나는 동포들을 만나면 열이 오르고
광복군을 생각하면 아릿한 땀 냄새를 맡는다

도시는 낡은 세월과 눈물겨운 욕망이 뒤섞여 있다
대기업의 대학 동창처럼 살짝 여유마저 풍기는 너는
도시와 잘 어울려 언뜻 독립군 같지 않다
나는 굳이 쓸데없는 질문을 던져
항일 투사의 후손임을 확인하고자 애쓰지만
도시의 네온사인 아래서는 전향 공작도 들키기 쉽고
익숙해진 자본주의의 곁에서 지령 수수가 통할 리 없다
너를 만나 과연 통일을 이룰 수 있을까

우등불 밑 그림자가 흔들리는 동안
오로지 조국의 독립만을 생각했을,

너는 그의 정신을 지키고 있어야만 했다
인천공항을 떠나기 전까지 나는
'종북'과 관련한 기사를 읽었다
너무 많이 생각했고 너무 많은 것들을 가졌다
도서관에서는 너무 많은 의견들이 나를 유혹한다

간판에 적힌 어수룩한 한글을 읽으며
몇 개의 건물을 건너간다
계백의 이름 모를 아들과 신라 관창의 얘기며
메이지유신 뒤 독일로 떠난 일본의 유학생 이야기가 오갔다
너의 존재는 조국을 되찾은 이들의 후손이어야 했다
경의를 표하고 절로 부끄러움에 빠져들어야 했다
인민이 굶도록 방치하는 이유도
해안선을 따라 방사포를 배치하는 이유도
평화를 맞이하기 위한 행동이어야 했다
억지로 억지를 부려서라도

무질서한 경적 소리가 횡으로 가슴을 치며 지나간다
삼성전자의 광고판이 도시를 가로질러
만주 벌판의 저 끝까지 연이어 지나간다
네가 부른 〈방울방울 방울꽃〉이 진다
언젠가 꽃이 지면 우리의 기억도 사라지겠지
편협한 독서를 한 또 누군가에 의해서 말이다.

제3부

백령도

백령도는 심해의 냄새를 머금은 흰긴수염고래다
백령도는 풍향계를 잃고 방향감각을 상실한 섬이다
백령도는 망각을 섬멸한 섬이다
백령도는 바람이 작열하고 태양이 주민들을 선동하는 섬이다
백령도는 이데올로기가 은폐된 영혼이다
백령도는 고국에게 이별의 손짓을 하는 섬이다
백령도는 사랑이 손가락 끝에 안절부절 남아 있다
백령도는 약속이 무상한 섬, 生이 무료한 섬이다.

국경(國境)

나에게는 국경이 없다
지금은 금주한 김하기 형이
술에 취해 연길에서 회령 쪽으로 강을 건널 때
두만강은 단지 마음의 경계였다

낭만으로 가득 찬 이 휴머니스트는
만주의 도수 높은 술을
김동환, 안수길과 주고받았을 것이다

강의 수위가 높아진 건 이별의 눈물 때문이다
이삿짐에 함박눈이 더해져
두만강을 넘는 이들의 발걸음을 늦췄다
호랑이를 잡던 홍범도의 장총에도
설자란 열여섯 장지락의 머리칼에도
함박눈이 애국심만큼 내렸다

태생적 존재 의식이 방황할 때

삶의 위치가 혁명적으로 변화할 때
생의 근원을 확인하는 경계선이 국경이다
그 국경이 내게는 없다

국경에 서서 타자(他者)를 봤어야 옳다
애절한 사랑의 실체가 잡히지 않는다
中國도 아메리카도 관념 안에서 머문다
왜곡된 시공간을 바라볼 기준선이 없다
국경이 없으니 슬픈 이유조차 모르겠다
결의에 찬 나를 데리고
장엄한 황혼으로 건너갈 경계선이 모호하다

국경이 없다, 내게 국경을 돌려다오
조국아, 국토야
함께 술잔을 나눌 영혼들을 돌려다오.

구만리

끝이라고? 그곳 구만리 강둑에서 생을 마감한 여자. 눈에서 고름이 흘렀다. 달이 강에서 떠올라 가슴에 묵직하게 박혔다. 그때부터였나 보다. 전라도 어디라고, 아무튼 전라도 여자를 만나면 강둑에서 바짝 말라버린, 흰 눈동자를 부라리던 물고기가 떠올랐다.

한여름 밤의 절망이랑 절망을 넘지 못한 사랑의 끝, 수습해줄 사람 없는 시체와 시체가 부패하던 밤과 그 여자의 마지막 사랑을 상상하던 사춘기의 호기심. 더 갈 곳 없는 변방이라고 왜 여겨왔던 거지? 가슴에 박힌 달은 가끔 새벽에 몰래 빠져나와 낯선 여자의 손목을 잡았다. 그림자가 너무 매혹적이었다고, 달이 돌아와 속삭일 때 강은 水源池도 없이 여기까지 왔다. 전라도 가시내는, 만주까지 하얀 발목에 먼지를 묻히며 걷던 전라도 가시내는, 북간도 주막까지 가지 못하고 여기서 청산가리를 삼켰다.

위로해줄 사내도 없이 위장이 녹고 심장이 썩어가는 동

안 영혼은 원산을 지나 회령으로 가는 길, 아직 길쭉한 발가락이 떨어져 나가기 전, 철조망에 걸레처럼 걸려 휘날리기 전, 변방이라는 관념이 고집스럽게 우겨지는 동안, 독립군 대신 국방군 상병의 치근덕을 받아주다가, 목울대부터 썩어 버려 이제 울음소리도 내지 못하는, 아 까투리 같은 여자.

화천, 변방이 아닌 변방인 그곳의 여자는 몰래 생을 멈췄나 보다. 불러도 피고름만 흐르는 여자, 달그림자처럼 수줍은 전라도 가시내는 두만강에 가닿아보지 못하고 건너보지 못하고 북한강 강둑에서 달빛처럼 푸르뎅뎅한 얼굴을 들켜버렸다. 누워, 열다섯 살 소년에게 마지막 기별을 전하고 사라져간 것. 끝 아닌 끝에서 그만.

사막촌(四幕村) 주막

늦은 밤,
온종일 수학 문제를 푼 열다섯 아들이
집으로 가는 길에서 물었다.
"아빠 새누리당이 왜 나빠?"

국운이 기울자 조선의 의로운 선비들은 신의주에서 강이 얼기를 기다렸다. 만주 망명을 막기 위해 일제가 삼엄한 경계를 서고 있었다. 그날, 1910년 10월 7일 일제는 76명의 왕족과 사대부들에게 작위와 함께 은사금을 수여했다. 이른바 '(한일)합방공로작'이었다. 일제에게 은사금을 받은 자들이 새누리당의 뿌리다.

늦은 밤,
콧수염이 나기 시작한 열다섯 아들이
집으로 가는 길에서 물었다.
"아빠 보수가 나쁜 거야?"

이윽고 사막촌 주막에 머물던 선비들이 도강하여 독립 운동을 하다 죽어갈 때 보수의 웅혼한 가치도 함께 사라졌다. 우리의 보수는 국토와 전통을 온몸으로 끌어안고 지켰다. 그렇게 장엄히 사라져간 보수를 저들은 차용할 자격이 안 된다. 새누리당은 그저 국가를 팔아먹은 장사꾼, 이름만 바꾼 매국노다.

늦은 밤,
열다섯 아들은 궁금한 게 많다.
중학교 2학년 교실에서는
정치가 역사를 불러낸다.

移葬

아버지는 끊임없이 주덕이라 했다. 나는 한 번도 아버지의 손에 이끌려 그곳에 가본 일이 없으니 아버지의 유년은 여수에 있었다. 때로 그곳은 작은형이 창호지에 눈이 가린 채 처형장으로 끌려가던 곳이었고, 상사 계급장을 단 큰형이 작은형을 구해낸 곳이었다.

아버지의 입에서 여수는 나타나지 않았다. 나는 아버지의 입으로 들어가는 수많은 여수를 보았지만 아버지의 여수는 요절한 아버지와 핏덩이를 두고 떠난 어머니의 여수일 뿐. 돌산 갓김치와 홍어의 알싸한 맛이 아버지의 입에서 오랫동안 씹히는 동안 내 사타구니에 검은 것이 돋았다.

연좌제는 내 단어가 아니었다. 강원도 화천에서 내가 만난 대부분의 어른은 군인이었다. 갱지 위에 부모의 학력란을 메울 때 번번이 나는 묻고 또 물었다. 사실 나는 안다. 어머니의 학력이 국졸이었다가 중졸로 정정되었다는 것을. 어디에서도 찾을 수 없는 아버지의 졸업장과 어머니의 졸업장을 원망해본 일은 없으나, 나는 고백한다. 지우개로 지운 빈칸에 '고졸'이란 어린 글씨를 남겼다는 사실을.

대부분의 유년을 누이의 앞뒤도 맞지 않는 무서운 얘기나 들으며 엄마를 기다려본 이라면 알 수 있다. 공무원이나 교사를 아비로 둔 아이들의 틈에서 구멍가겟집 아들로 자라본 이라면 고개를 주억거릴 수도 있다. 그들은 당연했고 나는 기특했다.

여수에서 춘천으로 본적지가 바뀌었다는 걸 나는 스무살이 넘어서야 알았다. 화천 촌놈은 그러는 동안 전라도 사투리를 익히고 친구들에게 그랬다 '나가 여수 놈이여'라고. 학살이 광주에서 이뤄지는 동안, 전라도 것들이 정의를 외치는 동안 보잘것없는 가족사가 여수를 통해 찬란해지길 나는 바랐다. 그러면서 가끔 고향 친구들의 얼굴도 잊혔다.

2002년 가을 금강산에서 나는 비로소 정직해지길 원했다. 북녘 친구들이 아버지의 과거사를 물었을 때 난 그랬다. 일제시대 수도 기술자였던 할아버지는 신의주로부터 여수까지 수도를 놓았다. 그것이 일제에 도움이 되었다면 울 할아버지는 친일파다, 라고 말해버렸다. 연좌제가 무서워 본적까지 바꾼 아비가 비겁했다면 내 가족사는 유신의 편이었다, 고 말해버렸다.

독립군이니, 친일파니 하는, 뼈대 있는 집안의 가족사가 신문지상을 온통 장식할 때 남은 사내들이 모여 이장을 했다. 칠십 년이 넘는 동안 할아버지의 시신은 물에 잠겨 허벅지의 뼈 한 뼘만 남아 있었다.

먼 길과 세월을 돌아 양지를 찾아왔다. 그냥 웃음만이 있었다. 회다지를 흉내 내며 춤을 추는 철없는 아들. 녀석의 미래에 나는 단지 근대사와 현대사에 집착했던 소심한 아비였다.

性에 대하여

베를린에서 윤이상은
도와 레 사이의 무수한 음을
서양 악기로 표현했다.
동양식으로는 농현(弄絃)이었다.

바이마르 시대 히르쉬벨트*는
중간 성이 존재한다고 믿었다.
그로 인해 나치 광신도의 표적이 되었다.
性을 희롱(戱弄)했다.

나는 쉰라인슈트라세 역 인근에 머무는데
집주인은 게이다.
깨끗이 빤 침대보를 씌우다 말고
남성과 여성 사이에
무수한 성이 있겠다, 믿게 되었다.

2003년 서울에서 송두율은

북이냐, 남이냐를 강요받았다.
한반도의 정부들은 "국민을 해산하고
다른 국민을 고르면 더 간단하지 않을까?"**

내 친구들은 남과 북 사이에
중간의 性이 있다고 믿었다.
그로 인해 국정원과 주사파의 표적이 되었다.
분단을 희롱하고 싶지만
농현은, 국악엔 있고 삶엔 없다.

---

* 동성애 운동을 펼친 최초의 인물.
** 베르톨트 브레히트.

베를린, 6·25, NLL

1

빗물이 北國의 냉기를 가져와서
어깨에 내려앉았다.

베를린엔 비가 내려요,
歷史는 얼어버릴 듯한데
어디서 김치찌개를 끓이나 봐요,
자꾸 가슴이 뜨거워져요.

어느 집 부엌 냄비에서 기화된 냄새를
저기압이 붙들고 있다.
이런 날 가슴은 후각까지 발달한다.
가슴이 기웃거린다.

2

소식에는 절망이 묻어 있다.
어쩌면 절망을 예감하고 미리,
그 절망을 견디기 위한 예방주사를 놓고 있는지 모른다.

아버지, 애국의 방법이 다를 뿐이에요.
혁명하지 않을게요.
비가 내리잖아요.

집이 그리운 건 책임감 때문이다.
나라를 걱정하는 건 단지 태어난 죗값이다.

3

화약 연기가 심장을 지나간다.

전쟁은 끝나지 않은 거예요?

아이들이 전쟁을 모르면 안 되는 거예요?

왜 기억해야 하는 거지요?

당신의 병사가 되려고요?

당신을 향해 거룩한 거수경례를 해야 하니까요?

비는 가슴에 닿으면서 증발하고

나는 이방인이 되어간다.

가슴은 왜 차가워지지 않는 것일까. 왜?

운동권 考古學

1

형은 운다. 생각은 유폐되었다. 형은 늦장가를 갔고 아주 어린 아들이 있어서 운다. 꿈은 유폐되었다. 외로워서 운다. 낮술에 취해서 운다. 동생들이 모두 바쁘다고 해서 운다. 동생들의 생각도 유폐되었다. 그건 한때 혁명이었을지 모른다. 안기부 지하실에 유폐돼 있는지 모른다. 서울구치소였을 수도 있고. 형은 청계산에 갔다. 그곳이 나의 무덤이다. 동생들은 일을 놓고 형을 찾았다. 형을? 혁명을? 정권 교체로 재해석된 꿈을? 형이 가지고 가버릴까 봐서? 형의 눈물이, 형의 노여운 목소리가 아직 전화기에서 뚝뚝 떨어진다. 어딘지 말해봐요. 내 동생 안녕. 왜 그래요 잘할게요. 날은 저물고, 뭘 잘해야 되는 거지? 형은 운다. 유폐된 생각 때문에 운다. 아름다운 형수 때문에 운다. 유폐된 생각이 운다. 스무 살 언어의 해석이 달라져서 운다. 운다. 나도 언제부턴가 울고 있다. 전이된 꿈이 널리 퍼져서 운다. 운다, 형이.

2

영등포에 비가 내린다. 자연사박물관은 비가 샌다. 점심 시간이 되기도 전에, 박제(剝製)된 동물들이 터진 자리를 꿰매러 총총히 자리를 뜬다. 청과물 시장의 과일향이 영등포를 떠돈다. 사람들은 부패된 줄 모른다. 박물관 한쪽엔 NL, PD란 이름을 가진 동물들이 무질서하게 쌓여 있다. 전시가 되기도 전에 빗물에 녹아버릴지 모른다. 그들이 사용한 타제석기는 분석되지 못했다. 캐비닛의 봉인이 풀려 그 석기를 가져다 사용하는 사람들도 있다. 자연사박물관은 언제 수리, 혹은 재건축될 수 있을까. 단감을 손에 든 소년이, "옛날엔 저런 도구를 사용했군요" 하고 타제석기를 감상할 수 있을까. 영등포에 비가 내리는데, 동물들이 또 석기를 들고 온다. 영등포에선 '진화론'이 자주 맞지 않는다.

3

여의도는 유물이 발길에 차인다. 몇 번의 홍수와 비바람에 토양이 깎인 까닭이다. 문제는 대부분 쓸모가 없다는 것. 빠끔히 나온 도자기를 조심스럽게 꺼내보지만 밑동이 깨져 있다. 분명 먹물로 쓰인 흔적이 있는데 도무지 알아볼 수가 없다. 국과수에 필적 감정을 맡겨보면 몇 글자를 찾아낼 수는 있겠지. 그렇지만 강기훈 형 때문에 심정이 상해서 포기하기로 했다. 별로 득이 되지도 않을 뿐더러 국과수가 창의력을 발휘하여 엉뚱한 글자로 판명할지 몰라서다. 그런데 가끔 비바람이 심한 날이면 보석 같은 유물이 나온다. 이번엔 좀 심했다. 작년부터 바람이 거세더니, 지난 4월엔 비, 바람, 우박이 한꺼번에 대들고 급기야 여름엔 이상기후로 태풍이 거듭 지나갔다. 좀 고통스러웠지만 엊그제 여의도에 가봤다. 아니나 다를까 보기 드문 보물이 살짝 얼굴을 내밀었다. 얼른 주워 담았다. 감정은 마쳤는데 아직 도난의 위험이 있어 이름은 당분간 발표하지 않기로 했다. 비바람이 불 때만 나는 여의도에 간다.

4

적은 예산으로 발굴단을 꾸렸다. 26년 만에 올라간 인문대 앞마당은 토양층이 겹겹 두터워져 있었다. 콘크리트를 걷어내는 일에 대부분의 돈을 썼다. 비운동권 시절의 부드러운 흙을 파내고 한 15미터쯤 내려갔을까. 삽질하던 대원의 환호 소리가 들렸다. 물건이었다. 오래된 대화록. 진만이의 어눌한 목소리와 어느 선배의 까칠한 목소리가 방금 전의 목소리처럼 들렸다. "진만아, 동호하고 어울리지 마. 재는 CA잖아." 그다음 진만이의 대답은 거친 잡음이 섞였다. 첨단 음향 분석 시스템을 마련하려면 예산이 부족했다. 흙을 털어내고 일단 박물관에 보내기로 했다. 좀 찜찜했다. 하여간 늘 예산이 문제다. 그 밑에서 수많은 대화록이 줄줄이 나온다. 사랑의 속삭임도 있다. 막걸리에 젖은 비망록은 무척 조심해야 한다. 조직 전부가 발견될지도 모른다. 날은 덥고 발굴은 더디다. 암튼 여태 진만이하곤 친한데, 그 선배는 뭘 하는지 잘 모르겠다.

5

어쨌든 교과서에는 안 나오니까, 현장에서 확인할 수밖에 없다. 전라북도 삼례에서 '운동권古記'가 발견됐다 하여 새벽 네 시에 마누라를 깨웠다. 초보지만 밤새 술을 푼 바람에 운전대를 맡길 수밖에 없었다. 군말 없이 따라나선 아내가 고맙다. 이동 중에 고전문학 박사인 영선이에게 먼저 전화를 걸었다. 어쩌면 사라진 한자로 쓰였을지 모른다. 혹여 이두가 사용되었을지 모르니 도흠이 형한테도 문자를 넣어두었다. 다행히 19세기 한자로부터 뒤로는 한글이 사용되었다. 어찌된 노릇인지 고물상의 손에서 시 쓰는 안도현 형의 서재로 들어왔다. 불행이라 해야 할지 앞의 몇 페이지는 찢겨졌다. 고물상 아들놈의 짓인지 모른다. 영선이가 도착하고, 동학부터 시작되었다. 그러더니 우당과 약산의 이름도 보이고 장지락도 있다. 몇 장을 넘기자 수많은 이름들 사이에 김근태가 있다. 뒤로 가자 친구들의 이름이 나온다. 충남이 상대, 마지막 페이지에 민족해방운동사라는 부제가 붙었다. 이 古記는 분명 주류 학계로부터 무시당할 듯했다. 아직 일제의 영향을 받은 사학자의 부음을 받지 못했으니. 일단 때를 보기로 하고 보자기로 잘 싸두었다. 도흠이 형껜 죄송하다고 문자를 다시 넣었다. 그동안 마누라는 애들 학교를 챙기느라 전화기를 손에서 놓지 못하고 있었다. 날은 좀 흐렸다.

6

백 년 후, 비석 하나가 관심을 끈다. '통일열사 조성만 추모비'. '통일이 뭐지?'라고 묻는다. 아메리카가 분화된 자리에서 '아니 이 사람이 미국을 몰아내자고 했다며?'라고 의문을 갖는다. 서로 갖가지 해석으로 의견을 나눈다. 그땐 미국이 약소국을 괴롭혔을 거야. 아냐 미국은 그럴 힘도 없었어. 지표면을 벗어난 돌멩이 하나를 두고, 손도끼다, 아니다 받힘대야, 아니야 우연히 깎인 건지도 몰라. 서울대생 조성만 형이 1988년 5월, 명동성당 옥상에서 할복 투신했을 때, 남겨진 우리의 눈물은 빼빼하게 메말라 있다. 추억이란 그저 당대의 몫이다. 당대의 운동은 발굴되기만 기다려야 한다. 해석은 단지, 발굴자의 몫이다. 무슨 운동에 주류가 있을 수 있겠는가 말이다. 운동은 서울에서나 지방에서나 운동이고 그로 인해 변화된 세상은 일찌감치 기억을 지워야 한다. 거기서 민들레는 핀다. 핀다. 백 년 후, 민들레는 또 다른 이름으로 불릴 것이다. 거기서 계보는 써진다. 다시.

장촌냉면집 아저씨는 어디 갔을까?

미닫이가 닫힌 냉면집 앞을 한동안 서성였네
기울어진 간판이 요즘의 나같이 좀 모자라 보이는 것이
NLL이나 중국 어선 같은 건 그냥 육수로 끓여버릴 것 같았네
냉면 맛 또한 설핏하게 날 위로해줄 듯했는데
허리 굽은 아저씨는 잠시 황해도 고향에 갔는가 보네
바람만이 미닫이를 슬쩍 밀었다 제자리에 갖다놓고 있었네

육수를 내던 자국만 담벼락에 붙어 고향 냄새를 풍겼네
병사들의 차는 잠시 속도를 줄이면서 굴뚝을 보았네
주인의 부재는 천안함처럼 의문만 남기고
눈치 빠른 병사들이 남긴 바퀴 자국 위로 개 한 마리 지나갔네
노를 저어 잃어버린 맛을 찾아갔는가 보네
장촌냉면집 지붕이 자꾸 낮은 포복을 하고 기어갔네

메밀꽃처럼 눈이 내리는데 아저씨는 어디 갔을까

바다가 물러난 사리 갯벌 어디에서 개불을 잡고 있을까

까나리액젓은 현무암 빛깔로 곰삭은 맛을 내고

인생도 물냉면 사리처럼 물컹해져버렸는데

혹시! 아무도 가지 않는 방공호를 돌아보고 있단 말인가?

텅 빈 길 위에서 나 혼자 분단의 두려움에 떨고 있었네.

포로수용소

나는 자유인인 줄 알았다
함부로 사랑을 말하고
밤새 술에 취해 거리를 활보했으니까
때론 사치를 부리기도 했으니까

광장에 서서 자유의지를 표출하며
감옥 밖 풍경이라 여겼다
지하도의 부랑자들조차
간혹은 자유롭다고 생각했다
종북과 종북 아닌 것
그 경계에 자유가 있다고 여겼다

반공과 반공 아닌 것을 나누던
거제도 포로수용소가
단지 그 경계를 넓혔을 뿐이었다는 걸
시인 김수영이 죽고 사십 몇 년이 지나서야 알았다

나는 수용소에 갇혀 있었던 것이다

강한 것 앞에 무릎 꿇던
그 비겁조차 몰랐다
'그것들 북한으로 보내버려'란 문장이
포로들에게 내뱉던 간수의 언어란 걸
이제야 깨달았다

반공 아닌 것이 종북으로 슬쩍
소리 없이 뒤바뀐 어느 날
자유를 두려워하는 자들이
사랑을 어둠 속에 가둬버리고
선택을 두려워하는 자들이
주인의 눈치만 살피고 있었다는 게
명백해졌다

잠시 감시가 소홀한 틈을 타

사랑을 한 죄, 술을 마신 죄
어쩐지 우울했던 젊은 날
그날은 포로수용소의 늦은 오후였다

이제야 철조망이 보인다
나는, 내가 자유인인 줄 알았다
망명의 꿈도 꾸지 못하는 포로였음을
사랑을 의심하고서야
종북과 종북 아닌 것의 사이에서
담배도 못 피우고 있었음을 알고 나서야
탈출할 곳도 없이 경계를 넓힌
한국이라는 이 거대한 포로수용소에 갇혀서
이토록 오래 자유인인 줄 알았다
종북이 아닌 이유를 손꼽아 생각해보다가
사랑을 버리고 눈물을 감춰야 했다

죽음이 곁에 있었다는 걸 몰랐던

수용소의 밤이 오늘도 깊어간다
여태, 잘도 목숨을 부지했다.

서울 탱고

방실이 누님은 아픔을 어루만질 줄 안다. 나이를 묻지 말라니, 이름이야 상희든 금애든 맘대로 붙여도 무관하다. 과거는, 처음엔 시간의 영역이었다가 공간으로 나타나는데 손과 발에서 얼굴에서 심지어 생식기와 그 주변의 털을 보고도 알 수 있다. 그게 나중에는 냄새로 판명된다. 우아하게 체취, 낭만적으로는 향기, 인문학적으로 아우라라 부를 수 있겠으나 너무 긍정적인 면만 부각되므로 이 표현들은 탈락이다.

과거의 냄새는 이상하게도 지워지지 않는다. 묵은 된장처럼 짙어지기만 한다. 애초 자기 인생에 정성을 들이지 않았거나 팔자소관으로 돌렸다면 냄새가 별로 좋지 않다. 간혹 실패를 예감한 행동에도 불구하고 근사한 냄새를 풍기는 경우도 있다. 드물지만 감동적이다.『여자에 관한 명상』을 읽어보라. 썩은 냄새도 그리 무의미하지는 않다. 더 썩은 냄새를 견디기엔 그만한 경험이 없다.

용서, 망각, 반성은 과거와 연계된 단어들이다. 모든 과거는 변형되어야 옳다. 역사는 현재를 위한 재해석일 때 살아남는다. 신화는 신화의 주인공을 위해 쓰여진 것이 아니다. 신화는 살아 있는 자들이 쓰라린 과거를 잊기 위해 쓴 자위적 이야기다.

방실이 누님은 덧없는 인생을 포근히 안아줘왔다. 술 한 잔 건네고 옛이야길 들어줄 거 같다. 김일성 만세를 부르며 사십 년 감옥을 사는 건 신념이라 부르고 박정희를 좋아하는 건 수구 꼴통이라 부른다. 냄새 때문이다. 물론 시각을 달리해 빨갱이, 근대화의 기수로 불리기도 한다. 냄새는 그래도 같다. 과연 누가 누구의 인생을 안아줄 것인지는 잘 모르겠다. 신념이 꼴통에게 먼저 술잔을 건넬 거 같긴 하다.

그러면 안 되는데, 칙칙한 노래방에서 〈서울 탱고〉를 부르다 보면 다 용서가 된다. 범인들이야 뭐, 욕해도 되고 지랄해도 되니까 뭐. '씨발'을 입에 달고 살지만, 그래도 불행

한 과거를 용서할 수 있는 계기를 누군가는 만들어줘야 되는 거 아닌가. 좋은 인간의 냄새가 아침 신문에서 풍겨났으면 좋겠는데. 그나저나 방실이 누님이 얼른 회복했으면 좋겠는데.

제 4 부

서울역

숲의 변두리, 늪의 부근, 모래바람조차 불어오지 않는다. 시련이란 인간에게만 닥쳐오는 불확정성의 미학. 거기에서 나는 자주 낙타의 등에서 내려 멈춰 선다. 발로 걷어차는 이나, 발에 채이며 점점 더 콘크리트 바닥을 파고드는 이 모두. 시기와 분노는 그저 문자화된 기호일 뿐, 인간의 언어로 표현할 수 없는 기운이 사막 한가운데 떠오른다. 나는 눈빛과 마주친다. 同類. 긴팔원숭이이거나 오스트랄로피테쿠스이거나 몸속 세포 어디에서 꿈틀대는 유전자 코드 하나가 불현듯 현실로 살아난다. 2001년 가을 오후 일곱 시와 200만 년 사이에 놓인 벌레 구멍. 인간이 아니면 또 어쩌랴. 긴 통로 밖으로 낙타 울음소리가 빠져나가고 나는 모래밭에 주저앉는다.

破虜湖

여름내 기억은 뒤로 걸었다. 황혼에게 입을 맞추고 나자 포유류의 버릇이 밤을 서성댔다. 유효 날짜가 지나 호적등본은 제출할 수 없었다. 열아홉 같은 여름이었다.

아버지가 계셨다. 잉어의 비린내가 물속 기억을 건져냈고 진화의 몸부림이 그물을 찢어냈다. 목구멍 깊은 곳에서 바늘 몇 개를 꺼냈지만 여전히 어른이었다.

저물 무렵 여름이 그늘 속으로 숨어들었다. 바람은 떡갈나무 잎 뒤로 도망갔다.

아버지, 내 안의 야생성은 당신에게서 온 거 맞지요? 겨울 화원의 꽃은 너무 아름다워요. 양식된 것들은 결국 제 스스로 혀를 깨물 거예요.

쓸개를 삼키자 강이 뜨거워졌다. 무성해진 털이 곧추섰고 검문소의 초병은 여름이 지나도록 졸았다. 통행증은 재발급을 잊었고 나에게는 황혼만이 길잡이가 되었다.

등으로 개미가 기어가는 여름이었다. 기억이 수몰된 여름이었다.

幼年의 辭說

1

개울을 건너봤어?

2

소쩍새 소리. 강안에 안개 몰려들면 달맞이꽃, 꽃 피길 기다리다 한낮에 잠들곤 했던.

3

편물기 소리 잦아들면 그제야 풍겨 오던 엄마 냄새. 달빛이 자꾸 찾아들어 라일락 향기 가득하던 마당.

4

비늘 곁에서 반짝이는 햇빛. 옷자락에 걸린 미늘과 맺은 인연의 끈, 울다 지친 오후. 하얗게 빛나는 강물은 어디에서 오는 것인지, 수평의 시선을 수직으로 두어보다, 하늘빛. 푸른 세월.

5

걷다, 먼 강둑의 끝. 큰아버지의 등이 따스하던 오토바이 뒷자리, 바람의 한 자락이 귓가를 베고 지나가다. 핏빛. 붉음과 푸름의 차이를 인식하다. 바람의 속도를 경외하다. 강둑을 아주 천천히 걸으며 강의 내면을 들여다보다.

6

파로호를 뒤덮던 까마귀 사이, 두루미 한 마리. 그날 밤 내내 강가에 앉아 검정 고무신을 닦고 또 닦았다. 마음의 구정물이 그치지 않고 흘러내리는 기분이었다. 아버지가 무궁화 둘이던 그 아이, 다소곳이 모은 두 발. 괜한 돌팔매질, 계곡 깊숙이 멀어져가던 까마귀 울음소리.

7

길가의 샐비어 꽃 하나 따 먹고, 산비탈 옥수수대 하나 뚝, 벗겨 씹다 보면, 집이 멀어졌다. 눈깔사탕 하나로도 모든 걸 배반할 수 있었다.

8

산 너머에는 신비로운 용이 살았다. 동굴로 들어서는 눈동자엔 미지의 세상이 그려져 있었다. 동무를 따라 길게 늘어선 미루나무를 지나서 한없이 앞으로 나아갔다. 길모퉁이를 돌 때마다 뒤를 돌아다보면 작은 아이가 손짓하곤 했다. 조금씩 달라진 얼굴로.

9

독장수구구처럼 구구단을 외다. 간혹 칠단이나 팔단이 가까워지면 그만큼 꿈이 소멸되어갔다. 팔자처럼 빙글빙글 돌다가 나머지 공부를 하다. 텅 빈 운동장을 가로지르며 외로움을 배우다. 그때 처음 노을을 바라본 것은 아니었을 터인데.

10

철봉을 오르다 사정의 기분을 맛보다. 시작종이 울리고 아이들이 모두 모래밭을 지나 교실로 총총히 뛰어가다. 적막, 당황, 알 수 없는 기분 속에서 끝내 철봉에서 내려오지 않다. 아랫도리 사이로 바람이 지나다. 끝내 내려오지 못하다. 끝내, 지금까지.

11-1

과장과 통장이 같은 것인 줄 알다. 아니, 적어도 동급은 되리라 어렴풋이 짐작하다. 건널목 앞에서였을 것이다. 담임선생이 물었다. 부친의 직업? 선생은 씩, 웃고는 앞서서 빠르게 건널목을 건너다. 양복 자락이 휘날리다. 늘 뒤처져 걷게 되다. 아버지는 통장이었다.

11-2

손을 꽁꽁 묶어놓음. 열에 들떠 악몽. 꿈이란 때로 인간을 나락으로 떨어뜨린다는 걸 깨닫다. 톨스토이를 꿈꾸지 않기로 하다. 물마마를 앓고 난 뒤 이마에 남은 깊은 상처를 때때로 아버지의 죽음과 연관시키다. 한 달 뒤 등교한 학교에서 전학 온 아이와 싸우다. 톨스토이 전집은 그 아이의 책상 위에 놓여 나를 짓밟다. 선데이 서울 몇 권이 뒹굴던 다락방에서 스스로의 손을 묶다. 마음의 상처만이라도 생기지 않길 바라다.

12

세 번의 반성문. 미장이 아버지와 낚시터를 떠도는 아버지. 두 아버지의 두 아들이 멱살을 잡고, 다리를 붙잡고, 서로의 가슴을 향해 주먹을 날리는 동안 포장마차의 불이 켜지다. 교사 아버지와 공무원 아버지의 아이들이 비웃으며 집으로 돌아가다. 첫 번째 반성문과 세 번째 반성문 사이에 불현듯 봉건의 회오리가 다가오다. 계급의 쓰라린 회초리가 다가오다. 미장이 아버지의 아들이 돌아가고도 오랫동안 낚시터를 떠도는 아버지의 아들은 교실에 남아 마지막 반성문을 쓰다. 적다. 끄적이다. 눈물의 역사를 기록하다. 파랑새를 꿈꾸다, 꾸다, ……다.

어머니의 이력서

1955년 열네 살, 양친을 잃고 소녀 가장이 됨
학교 그만둠
여동생 둘, 남동생 하나를 돌보며
남대문 편물점에서 시다로 기술을 배우기 시작함

1956년 열다섯 살, 실을 감고 풀기 일 년 만에
손뜨기를 배움
남는 실을 모아 막냇동생의 양말을 완성함

1957년 열여섯 살, 코바늘뜨기를 익힘
대바늘뜨기로 니트웨어 정도는 너끈히 만듦
막냇동생을 장충국민학교에 입학시킴
바지를 떠 입학식에 입혀 보냄

1959년 열여덟 살, 보조 생활을 마감함
기계 편물을 배우기 시작함
편물 수요가 치솟으면서 잔업과 철야가 많아짐

1961년 스무 살, 대바늘뜨기는 눈감고도 가능해짐
(기술자라 불리지 못하고 여공, 공순이라 불림)
손바닥에 굳은살이 박이고 엄지손이 갈라짐
지방에서 편물 제품을 요구하기 시작함
편물 기계 하나를 가지고 강원도 화천에 감
눈코 뜰 새 없이 일을 하고
잠을 쫓기 위해 박카스를 먹기 시작함

1962년 스물한 살, 서른두 살 노총각을 만남
직업이 없었지만 친절함에 반해 결혼함

*

이것이 어머니의 이력서다.
60년대와 70년대 공순이로 불린
평화시장, 창신동에서 시다를 거쳐 미싱사가 된
원풍모방과 YH에서 소녀 시절을 마감한

모든 어머니들의 이력서다.

치매

—매(呆) 자는 '지킨다'는 뜻도 있었다

어머니의 기억력은
갈수록 선명해진다

늦은 밤
어머니가 와 계신다
미역국을 끓이고
굴을 한소끔 씻어놓으셨다
미역국엔 소고기가 송송 썰어져 있다
어머니 배 속에서
아들은 희망으로 자랐다
가끔 서운하게 해도
어머니의 기억력은 선명하다
여전히 그날의 산통을
담고 있으신 게다
어머니의 기억 속에서
희망만 늘 반짝인다

어머니의 기억은
참으로 효율적이어서
행복하고 좋은 것만
담고 있다

언덕 위에 이층집
일목이 생일날 카레를 처음 먹어봤다
"엄마, 엄마 너무 맛있었어."
어머니가 오셨다 가신 날은
언제나 카레가 한 솥 끓여져 있다
"어머니 이제 카레 안 좋아해요."
몇 번인가 말씀드렸지만
감자도 작게, 당근도 작게 썰어져 있다
이제는 내 입에 작지만
카레가 끓여져 있다
어머닌 지금도
아들이 행복하길 바라시는 게다

카레를 먹을 때마다
나는 찔끔 눈물이 난다

어머니의 기억력은
세월을 압축해서
용량을 줄여놓았다
가볍게 간편하게
가져가실 모양인 게다.

달

달에게 빌었던 어머니의 소원 중 몇 번의 소원이 이뤄졌을까. 대부분은 이뤄지지 못했을 거 같다. 대부분은 자식들 잘되길 빌었을 터이니 말이다.

달에게 빌었던 나의 소원 중 몇 번의 소원이 이뤄졌을까. 대부분은 이뤄지지 못했을 거 같다. 대부분은 나부터 잘되길 빌었으니 말이다.

이제 자식들 잘되라고 소원을 빌 나이가 되고 보니, 어머니의 둥근 등이 보름달이었음을 깨닫는다. 달에 업혀서 잠든 세월이 있어 달이 그리웠던 게다.

달에게 빌었던 소원들이 아직 이뤄지지 못한들 어떨까. 달그림자가 길어질 때 어머니와 나의 밤엔 또 하나의 그리움이 피어날 터이니 말이다.

조양동, 요괴 인간

행길 건너에는 북경반점이 있었고, 석기네 집 흑백 TV가 있었다. 사천짜장은 매운 고추를 대신해 외로운 아버지의 입맛을 돋웠다. 나는 자주 북경반점을 기웃댔다. 저물녘 TV 앞에서 벰이 나타나길 기다리던 나는 대문 밖에서 부르는 아버지의 소리를 들었다. 행길만 건너면 요괴 인간의 세상이었다. 베라가 채찍을 휘두를 때 어머니는 온종일 손이 부르트도록 편물기를 움직였다.

손가락이 세 개인 베로의 그림자는 상현이네 넓은 마당에서 흔들렸다. 오동나무 잎이 악당처럼 등 뒤로 덮치는 날이면 긴 소매를 꺼내 입었다. 상현이 아버지는 미군 부대에서 세탁소를 했다. 상현네가 뉴욕으로 떠나자 나는 아버지처럼 친구도 없이 행길 건너만 쳐다보았다. 벰, 베라, 베로도 뉴욕으로 떠나간 기분이었다. 상현이는 유독 자동차 이름을 잘 알았다. 브리사가 행길을 지날 때 오동나무가 생각나곤 했다.

행길 건너 언덕에는 구불구불 골목을 따라 홍등이 내걸렸다. 어머니 몰래 아버지의 심부름을 따라가면 큰아버지가 베라같이 얼굴이 하얀 아줌마와 어두운 방에서 나오셨다. 악당을 물리친 직후인 것 같았다. 아줌마는 송골송골 땀이 맺힌 얼굴로 환하게 웃었다. 어머니는 울었다. 석기네 흑백 TV는 요괴 인간을 데리고 야반도주한 모양이었다. 곗돈을 떼인 어머니가 하염없이 실을 감는 동안 나는 그저 아줌마와 베로의 생각에 잠겨 있었었다.

영등포

골목은 낡은 신발들과 함께 깊어갔다
여기선 가난이 곰삭은 김치같이 맛있다

영등포엔 편의점이 없는데
국수집 간판이 골목 안쪽으로 숨었는데
가끔 선호하는 담배를 살 수 없는데
불편함이 마누라의 잔소리같이 정겹다

낡은 기계들이 수리공의 손에서 숨쉬고
영등포엔 버려지는 게 없다
늙은 아버지의 손에선 과일향이 난다
쓰레기가 오랜 친구같이 들락날락한다

골목 끝에 깊은 우물이 보인다면
거기가 영등포,
가난하지만 맑게 흔들리는 얼굴이 있다.

가출에 대한 변명

—네안데르탈인에 대한 反과학적 고찰

가출

후기 빙하기가 닥쳐오자 네안데르탈인들은 스페인 남부 해안가 동굴에 자리 잡았다. 엄마들은 조개를 캤고 아버지들은 좀 멀리 수렵을 떠났으나 동물들의 발자국을 찾을 수 없었다. 온통 위험으로 가득해 보였다. 피레네 산맥을 넘던 친구 몇이 돌아오지 않았다. 아버지들은 가출 금지령을 내렸다. 착한 소년들은 배를 움켜쥐고 서서히 말라갔다. 해는 짧은 낮 동안 소년의 뭉툭한 눈썹을 비췄다. 짠 뭔가가 흘렀지만 무슨 감정인지 잘 몰랐다. 빙하기는 점점 길어졌다. 크로마뇽의 엄마들은 들소의 털로 옷을 기웠다. 순록의 뿔로 만든 바늘이 쓸 만했다. 선사시대의 고어텍스를 입은 소년들이 겁도 없이 알프스를 넘었다. 가끔 허벅지 굵은 여자를 데려왔다. 눈보라를 피해 만든 주거지에서 자주 다툼이 있었지만 가출로 인해 더 큰 싸움을 피해갔다. 아픈 엄마를 공양하는 네안데르탈의 아이들에게 대물림되는 배고픔, 엄마를 떠난 거친 소년들의 세상이다.

탐욕

강을 건너오는 순록을 향해 크로마뇽의 남자들이 창을 던졌다. 매일 대량 학살이 이뤄졌고 탐욕스럽게 피를 삼켰다. 순록의 지방은 여인들의 동굴에서 늦가을 향연의 꽃이었다. 허리와 엉덩이의 살을 피둥피둥 키운 여인들만 긴 빙하기의 겨울을 견뎌냈다. 다음 해 봄 탐욕스런 크로마뇽만이 살아남아 야합(野合)했다. 탐욕의 유전자를 가진 아이들이 태연하게 햇빛 아래서 타제석기를 만들고 창을 다듬었다. 네안데르탈의 남자는 사자가 남기고 간 고깃덩이를 가져와 아이들에게 나눠주었다. 봄이 되자 아이와 여자만 살아남았다. 사냥법을 익히지 못한 아이들이 소리 없이 크로마뇽의 강가로 다가갔지만 순록의 털 몇 가닥만이 숲으로 날아왔다. 식스팩을 한 크로마뇽의 남자들이 탐욕스럽게 삼성카드를 긁어대는 도시의 숲에서 순한 몸집의 네안데르탈 아이들이 아직도 나무 뒤에 숨을 죽이고 있다.

벽화

쇼베 동굴, 라스코 동굴, 페슈 메를 동굴, 알타미라 동굴, 니오 동굴. 동굴 벽화, 위대한 선사시대의 그림들은 사냥 교과서다. 동굴은 크로마뇽이 빙하기를 견딜 수 있게 해준 장엄한 교실이다. 순록의 뿔이 얼마만큼 자랐을 때, 들소의 털이 어떤 색으로 변했을 때, 오록스와 말이 달리는 평원의 풀이 얼마만큼 자랐을 때, 그때 사냥에 나서라. 석기는 얼마나 준비해야 하며 창의 길이는 어느 만큼이 알맞다. 동굴 안에 모닥불을 피우고 샤먼은 어린 크로마뇽을 이끌고 동물들의 버릇과 울음소리, 계절에 따라 이동하는 경로를 설명했을 것이다. 종교도 예술도 아직 삶을 가르치는 교과서에 미치지 못했을 것이다. A4지에 갇힌 상상력은 아직 벽화 전체를 교과서로 보지 못하는 거 같다. 크로마뇽의 주거지는 대지 그 전체였다. 동굴은 단지 교실이었다. 교실을 갖지 못한 네안데르탈의 아이들이 동굴을 기웃댔지만 이미 빙하가 유럽을 덮친 뒤였다.

모럴

여자가 낳은 아이가 죽자 네안데르탈의 남자는 커다란 등을 쓰다듬어주었다. 남자가 사냥을 나간 사이 다른 남자가 나타나자 여자는 큰아이를 안고 동굴로 달아났다. 북극여우를 손에 든 네안데르탈 남자는 피투성이로 변한 동굴을 보곤 큰 소리로 울부짖었다. 여자를 잊지 못한 남자는 빙하를 홀로 걸었다. 멸종의 길로 스스로 걸어갔다. 뚜벅뚜벅, 지중해의 노을이 붉은 울음을 울었다. 크로마뇽의 남자들이 매머드 사냥을 떠났을 때 밤은 길었다. 아이들은 어렸고 식량은 부족했다. 하루 종일 주워 모은 견과류로는 허기를 때울 수 있을 뿐 영하의 날씨를 견디기에는 턱없이 모자랐다. 산등성이 아래 다리가 긴 크로마뇽 남자가 상아로 새긴 여인의 조각상을 가져오자 여자는 어린 것들을 재우고 숲으로 갔다. 남자들이 돌아오기 전에 두어 차례, 아이들은 순록의 말린 고기 몇 점을 씹을 수 있었다. 매머드 사냥에서 돌아온 남자들은 건강한 여자와 아이들의 반가운 마중에 밤새 모닥불을 피웠다. 부상당한 한 남자를 여자가 간호했다. 그 후 세월이 흘러 다리 긴 남자의 유전자를 가진 아이의 사냥으로 남자는 나머지 생을 보냈다. 사랑은 때로 생존의 다른 이름이 아닌가 싶다.

아름다운 손

처가에서 보내온 횡성 막장, 조그만 항아리에 담긴 장모님의 정성을 조심스레 눈길 위에서 품어보았다. 스승의 집으로 가는 길이었다.

밤새 글이 안 돼 뒤척이다가 새벽에 깨어 원고지를 메웠다는 스승은 고단한 하루의 끝에 소주잔을 내밀었다. 밤새 자판을 두드리던 나의 손이 그 잔을 받았다.

소주잔은 스승의 중지에 박인 굳은살 위에 얌전히 놓여 있었다. 가슴이 철렁 내려앉았다. 세월의 무게를 견디는, 진정성과 성실성을 말없이 폭로하는 굳은살이 무섭게 나를 눌러왔다.

눈이 내렸지, 봄이면 녹을 거야, 저 눈이 강물이 되고 강물이 흘러 수차를 돌리겠지. 백악기의 생물들이 현생 인류에게 남겨준 석유가 불타고, 증류된 물의 분자들이 터빈을 돌리겠지. 바람이 불어 터빈을 돌리고, 해일이 일어 또 터빈을 돌리겠지. 내가 스위치를 켜고, CPU에 전원이 흐르고, OS가 구동되고, Explorer가 메모리에 상주하는 그 시간에도 눈은 내리겠지, 바람도 불 테고, 파도 소리도 그치지 않을 거야.

디지털의 배후에서 아날로그의 세계가 껄껄 웃는다. 눈길 위에서 스승의 손이 나의 손을 잡는다. 횡성 막장이 스승의 집 베란다에 놓였다.

성천막국수

소주 세 잔이 삼삼하다.
날은 창창하고 근심을 널어 말리니 겨우내 묵은 절망의,
퀴퀴한 냄새가 기화하는 듯하다.

답십리 성천막국수는 한여름 깊은 산 계곡 같다.
스승 상천 선생의 말이라 해서 철석같이 맛을 믿었다.
지난밤 비에, 길은 벚꽃으로 얼룩졌고 국수집엔 메밀꽃이 피었다.
강원도 횡성, 여름날의 갑천은 나뭇잎 하나 없이 투명했다.
동치미 국물에 잠긴 국수는 흔한 고명 하나 없이 솔직했다.

삶은 자주 단순하다.
마음을 어루만지는 일 또한 양념이 필요치 않다.
지난밤 아내의 엉덩이를 두드린 일은 정말 잘한 것 같다.

면 삶는 냄새를 콧등에 남긴 오후, 길다.

백과사전

학원사 간『한국천연백과대사전』을 버리며 나는 아날로그를 함께 버린다. 그러니까 꼬박 삼십여 년을, 그건 춘천 조양동에서 이십 년 서울 화양리와 하계동 다시 서초동과 역삼동으로 옮겨 다녔다. 젊은 아버지는 아들을 위해 고급 양장의 책을 진열하고 당신 사십 년 세월의 무학을 보상받고 싶으셨을 것이다. 나는 그걸 열 번이나 펴보았을까. 얼마 전 교보문고의 할인 판매를 통해 나는『브리태니커백과사전』CD롬 버전을 구입했다. 매년 연보가 업데이트되고 동영상과 사운드가 지원되는 백과사전은 20기가의 하드를 가진 내 노트북 안에서 1.5기가를 차지한 채 구동되기를 기다리고 있다. 딸아이의 데스크톱에도 곧 설치할 계획이다. 미련은 없다. 내 카본 낚싯대가 아버지의 무거운 낚싯대만큼 많은 물고기를 낚지 못하는 이유는 단지 강 속에 물고기가 줄어들었을 뿐이라고 나는 생각한다.

아, 팔레스타인

계몽이 살아나 가자를 심판하고 있다
갓 찍어낸 성경의 종이날은 날카롭다
아이들의 심장을 베어
아버지의 코란을 피로 적시고 있다

예루살렘의 신은 기억상실증에 걸렸다
통곡의 벽에 갇힌 신은
숨 쉬는 생명을 잊은 지 오래다
다윗은 개종하여 이슬람이 되었다
투석기가 향한 장갑차에게
요한은 세례를 했고 곧 교회가 되었다
이스라엘의 십자가는 장갑차에 걸렸다

死海로 향한 길목으로 황혼이 진다
오래도록 엎드려 신에게 기도를 드리지만
대답이 없다, 아이들의 시신 위로
사막의 모래바람만 異端처럼 쌓였다.

그리운 초원

별들은 초원으로 내려서지 않았지
설레는 가슴 가까스로 참아내며
지평선으로 지고
자작나무에 기대어 사내들이 휘파람을 불 때
이름 부를 수 있는 것이 모두 아름다움으로 살아
빛나는 저녁
대지의 영혼을 껴안고 처녀들은 아이를 낳았지

눈보라 속에서 사랑을 알았지
차가운 대지 어디 놓인 온기 하나를 찾아
햇빛이 내려앉고
사슴의 발자국을 찾아 사내들이 젖은 걸음을 옮길 때
이름 부를 수 있는 것이 모두 아름다움으로 살아
빛나는 저녁
자작나무 숲 어디에서 대지는 사랑을 키웠지

먼 훗날 그 사랑이 대지를 찾았지

강을 건너고 산맥을 올라
대지와 더불어 숨을 쉬고
큰 어깨와 단단한 발목의 사내들이 돌아올 때
이름 부를 수 있는 것이 모두 아름다움으로 살아
빛나는 저녁
가둬두었던 열정이 스며 대지는 살아났지.

별

걸어가는 별을 보았네
타이가 지대에서 눈 언덕까지
순록의 발자국에는 별이
간혹 사라졌다가 불현듯 나타났네

시베리아의 별은
눈물 없는 러시아 여자 같았네
사랑이 돌아오리란 확신,
오래도록 제자리에 있었네
늦은 밤 문을 두드려도
당신은 웃으며 열어주겠지
따뜻한 차를 내오고
아주 천천히 치마를 내리겠지
그사이 별은
저 높이 올라가 반짝이고
눈은 녹아 예니세이 강으로 흐르겠지

별은 또 우랄을 향해 걸었네
시베리아 서쪽 끝을 향해
황혼에 젖은 별은.

해설 · 시인의 말

항진하는 시

김훈겸 문학평론가

1. 극(克)과 복(復)의 소용돌이

마주치면 뼛속까지 타격을 가하는 것이 시였다. 신동호는 오래도록 밥과 돌을 씹어왔다. 그의 몸은 적재 한도를 넘어설 때마다 제 속의 무기질을 언어의 결정으로 뱉어냈다. 통각은 인식에 앞선다. 앓을 수 없는 것은 알 수 없다. 앓고 짓는 시는 윤곽이 분명하다. 그런 시는 맹금류가 토해낸 펠릿(pellet)처럼 군더더기가 없다.

1975년 열한 살 봄, 수두를 앓다.
1979년 중2 가을, 國家를 생각해보다.
1980년 중3 봄, 폭도들의 광주를 걱정하다.
1981년 고1 봄, 사춘기 탓이었겠지만
목련이 진 뒤뜰에서 멍하니 있기도 하다.

여름, 탈춤을 배우다.

1982년 봄, 탈춤을 가르쳐주던 형들이

성조기를 불태우다. 탈춤반 없어지다.

1985년 봄, 國家를 의심하다.

광주 시민들을 살해한 정부를 알게 되다.

진달래 붉은 꽃잎만 보고도 울게 되다.

1987년 봄과 여름 사이, 거리에서 깨닫다.

愛國의 방법이 다를 수 있다는 것을.

2000년 여름, 너그러워지다.

2013년 다시 봄, 몸살을 앓다.

등이 간지럽고 가슴에는 통증이 오다.

愛國의 방법이 다를 수 없음을 수긍하다.

정부는 광주를 배반했지만 광주는 스스로

국가에 대한 사랑을 키워왔을 뿐.

광주를 벗어난 모든 것들이 賣國이었음을,

쓰다. 스무 살 적 절망을 다시 쓰다.

_「略歷」 전문

한 사람의 역사인 '약력'은 시간의 오름차순으로 정돈된다. '늙어간다'는 말은 있어도 '젊어간다'라는 말이 없는 까닭은 늙음만이 생의 과정이기 때문이다. 젊음이라는 상태를 지나 생은, 늙음을 향해 멈출 줄 모른다. 이때 갱신을 꿈꾸는 생이 곁에 두려 하는 것은 앎이 아니라 앓음이다. 인식, 즉 앎은 보완도, 대체도, 무화도 될 수 있다. 그러나 통증, 앓음은 존재론적 사건이다. 앓고 나야 복구할 수 있는, 쓸 수 있는 생이 있다고 "1975년 열한 살 봄, 수두를 앓다"로 시작하는 「略歷」은 쓴다. 앓음은 때로 냉철한 교사라는 사실을 시인은 선언한다.

선언은 정교하다. 전체 14행인 1연은 13행까지 [연도, 목적어, 술어]의 행렬(行列, matrix) 구조를 갖추고 있다. 술어 중 '불태우다'를 제외한 '앓다', '생각해보다', '걱정하다', '배우다', '의심하다', '알게 되다=울게 되다', '깨닫다'는 시간의 계기에 동원된 타동사다. 타동사들의 병렬이 끝나고 1연 14행에서 '너그러워지다'라는 자동사가 등장한다. 시간의 오름차순에 따른 타동사들의 매트릭스가 깨지는 것은 '너그러워'진 '2000년 여름'을 13년 건너뛴 후다. 13년이라는 시간은 연과 연 사이 공간에 강력한 반발력을 내장한다. 13년 만에 '다시' '통증'이 찾아온 것이다.

사르트르는 자신의 글에서 신체란 "이행하는 것", "침묵하며 발생하는 것"이라고 썼다. 우리는 신체를 도구로 사용하는 게 아니라 신체 그 자체를 살고 있다. '건강한' 신체는 생의 바다를 묵묵히 항해해간다. 그런 신체를 인식하기 위해서는 '통증'이 필요하다. 통증이 오기 전까지 신체는 존재하되 존재를 주장하지 않는 셈이다. 그러나 '가슴'에 '통증'이 온 순간 신체는 이행의 방편에서 삶의 도량으로 전화하기 시작한다.

시인이란 통증이 솟아난 자리에 앎 대신 시를 처방하는 사람을 일컫는다. 시작(詩作)을 원하는 시인에게 통각은 모든 감각의 으뜸이다. 시인은 통증으로 "애국의 방법이 다를 수 없음을 수긍하"고, "광주를 벗어난 모든 것들이 매국이었음을" 쓴다. 통증으로 극과 복의 나선운동을 다시 시작한다. "스무 살 적 절망을 다시" 쓰게 한 앓음은 감히 복되다.

신동호는 앓고 나면 알게 될 거라 믿지 않는다. "나의 사십 대는 수락산 능선의 떡갈나무처럼 통째로 쓰러진 건 아닌가", "이제 종점에 내리면 무리로부터 벗어난 늙은 코끼리처럼 터벅터벅 무덤을 찾아가야 할까"라고 묻는, 그러면서 "왼쪽 가슴 위쪽 통증이 두려움처럼 혹은 두근거림처럼 온다"(「늙은 코끼리」)고 말하는 시인은 오히려 알게 되지 않기 위해 앓아야 하는 사람이다. 시를 통해 앎은 도래하지 않는다.

신동호는 고(高)카페인 음료처럼 쉽고 빠른 처방을, '날렵한 깨달음' 따위는 알지 못한다. 오히려 그는 '쓰기'라는 최종 심급을 통과하지 못하는 일회적 깨달음에 저항한다. 그러기에 "낡은 이념 위에 먼지가 뽀얗다/돌밭을 오래 걸어야 할 때다/발이 아파야 할 때다"(「水石」)라고, 몸의 존재를 일깨우는 통증의 길을 원한다.

한스 게오르그 가다머의 통찰처럼, '고통'이 삶에 제기한 물음은 '할 수 있다'는 가능성과 자신의 고유한 성취 능력을 다시 경험하도록 하는 것이다. 이 물음에 값하기 위해 시인은 통증과 고통에 대한 모든 '진술문'을 '아파야 한다'라는 '수행문'으로 탈바꿈시킨다. '극'이란 아파야 쓸 수 있는 시이며, '복'이란 시를 씀으로써 되살아나는 아픔이다.

「略歷」이 시간의 뼈를 바늘 삼아 '극'과 '복'의 수행 과정을 지면(紙面) 위에 새기고 있다면, "막차. 겨울은 뼛속까지 밀고 들어왔다"로 시작하는 「겨울 경춘선 2」는 기억의 체적(體積)을 극소화함으로써 과거의 자기와 단절하고 있다. 「겨울 경춘선 2」는 첫 시집의 제목이기도 한 「겨울 경춘선」(『겨울 경춘선』, 푸른숲, 1991)의 연작인데, 시집에 실린 시기로만 따지자면 우리는 「겨울 경춘선 2」를 만나기까지 23년을 기다린 셈이다. 시인은 과거와 현재의 불연속, 또는 단절을 우회하지 않는다.

> 막차. 겨울은 뼛속까지 밀고 들어왔다. 사랑이 고통이라면 다른 고통쯤은 다 잊고도 남았다. 시간이 가까워오면 조금씩 대화의 간격이 줄어들었다. 말줄임표도 사라져갔다. 우리들의 여행은 끝나가고 있었을까, 새벽을 기다리며 가난한 대합실의 작은 온기를 나누었을까. 사랑은?

종착역. 끝이 없는 여행은 없다. 없기에 슬프고, 없기에 다행이기도 했다. 혁명은 억지로 봄을 부르지만 겨울아, 왜 사랑은 눈꽃처럼 네 안에서만 피어나는 것이냐. 눈물이 떨어질 것만 같은 눈동자는 아직도 길을 찾아 헤매고 있었다. 길 끝에 종종 길이 없는 경우도 있었다.

건널목. 철로를 따라 우리가 가는 길은 일방적이고 무겁다. 차단기를 내리고 마을과 마을을 잇는 가난하고 느린 발걸음들을 가로막았다는 걸 자주 잊었다. 사랑도 혁명도 차단기를 내린 채 멈추지 않고 달려왔다. 위도와 경도가 만나는 지점을 지나쳐왔다. 눈은 쌓이지 못하고 그렇게 흩어져갔다.

_「겨울 경춘선 2」 전문

「겨울 경춘선 2」의 주조음은 반성의 목소리다. 통렬한 반성이란 언제나 이중의 반성이어야만 한다. 반성되지 않은 상태로 되돌아가려 하는 관성에 맞서 반성은 끊임없이 재귀적으로 행해져야만 하는 것이다. 이때 반성은 대화나 응답 등 양방향 커뮤니케이션 방식을 택한다. 반성은 초극을 지양함으로써 초극에 다가가려 하지만, 혁명은 초극 자체를 겨냥한다. 반성으로 발생하는 혁명은 없다. 반성은 혁명의 도화선을 적신다. 3부에 실린 시 「베를린, 6·25, NLL」에서 "아버지, 애국의 방법이 다를 뿐이에요./혁명하지 않을게요./비가 내리잖아요"라고 말한 것처럼, 결정적으로 반성은 혁명의 역량이 아니다.

「겨울 경춘선 2」에서 반성이 순환 열차라면 혁명은 '막차'다. 반성이 '너'와 '나'의 경로를 만들어 온기를 공유한다면 혁명은 '우리'의 냉기로 타자를 배제한다. '겨울'은 자신이 얼마나 차가운지 몰라 '사랑'에 관대하다. 나무는 자신의 초리가 얼마나 멀리 뻗어 있는지 몰라 있는 힘껏 꽃을 피운다. 그러니 결정론은, 사람을 '차단'한 채 질주하는 '사랑'과 '혁명'은 얼마나 '일방적이고 무거운' 것인가. 다만 맹목의 '사랑'과 '혁명'에 브레이크를 걸고 건널목의 차단기를 일제히 올리는 것만으로는 충분치 않다. 세계가 품은 다층적 장소들과 만나려면, "마을과 마을을 잇는 가난하고 느린 발걸음들"이 걷는 생리적 공간을 통해 "위도와 경도가 만나는 지점"들인 계측적 공간을 밀도 높게 밟아가야 한다. 시인이 향한 곳은 '사막'이다.

> 낙타는 발자국을 남기며 걸었다. 사막은 뜨거웠고 나는 마른침을 삼켰다. 바람을 따라 민주주의는 자주 자리를 옮겨 다녔다. 모래언덕을 오르며 뒷걸음칠 때 마른번개가 몰아쳐왔다. 낙타는 천둥 속으로 묵묵히 걸어갔고 나는 목도했다. 피뢰침을 머리에 꽂고 장준하가 쓰러졌다. 김근태가 무너져 내렸다. 나는 오래도록 엎드려 신을 향해 기도했으나 그들은 일어나지 못했다. 아라비아 공주는 군사들을 이끌고 위풍당당하게 걸었다. 모래 먼지가 날려 사막은 어지러웠다. 낙타가 단봉 위로 사막의 죽음을 싣고 걷는 동안 패망한 제국은 간혹 신기루처럼 떠올랐다. 타는 목마름을 참으며 나는 피뢰침을 주워 들었다. 발자국을 따라 낙타를 쫓아갔으나 끝내 오아시스에 도달하지 못했다. 사막의 바람이 모래언덕을 옮겨놓고 있었다.
>
> _「영등포에서 보낸 한 철」 부분

사랑이 TV를 타고 오지 않듯 혁명은 '철로'를 타고 도착하지 않는다. 혁명의 꿈이 막 내린 곳에서 민주주의의 '사막'이 펼쳐지는 것도 아니다. 민주주의가 자주 자리를 옮겨 다니는 '사막'은 혁명의 '철로'에서 풀려난 시계(視界) 불량한 '현실'이다. 도래하지 않는 '오아시스'를 품은 '사막'이 민주주의의 공간이라는 인식은 허무의 상황을 직시하면서 '실재로의 귀환'을 감행하는 적극적 허무주의(Active Nihilism)의 발로가 아니겠는가. 그리하여 나침반이 소용없는 세계, "피뢰침을 머리에 꽂고" 불의의 타격을 받아내려는 의지만이 의미 있는 세계를 시인은 그려내고 있는 게 아니겠는가. 그러나 '사막의 죽음'을 싣고 걷는 "낙타를 좇아갔으나 끝내 오아시스에 도달하지 못했다"는 고백은 '사막'에서조차 '민주주의'를 향한 경로를 뒤좇았음을, 아직도 '경로' 자체에 대한 의존성을 버리지 못하였음을 반성하는 것은 아닌가.

「영등포에서 보낸 한 철」은 「지옥에서 보낸 한 철」의 오마주로도 읽을 수 있다. 랭보는 "나는 정치 문제에 개입할 것이다. 구원을 받을 것이다.//지금은 저주받은 몸이다. 나는 조국이 무섭다. 가장 좋은 것은 잔뜩 취해 해변 모래판에서 자는 잠이다"라고 하면서 "가자! 행렬, 짐, 사막, 권태와 분노"(「지옥에서 보낸 한 철: 나쁜 혈통」, 『지옥에서 보낸 한 철』, 민음사, 1996)라고 외친다.

여기에서 말하고 싶은 것은 「영등포에서 보낸 한 철」이 "초현실주의 성향을 지녔다"는 게 아니다. 이미(!) 신동호의 시는 "사실주의적 건강미"와는 거리가 먼 "모더니즘의 병적 그늘"(해설, 『겨울 경춘선』)이 드리워져 있다는 평가를 받았던 터, 「영등포에서 보낸 한 철」이 '이데올로기적 낙관론'과 '시대의 요청'에 부합하는, 이른바 '건강한 리얼리즘'에서 적극적으로 벗어나고 있다는 사실을 명기하고 싶다.

「譜學」에서 스무 살 시인이 만난 사람들을 일별해보자. '유물론'을 '마태복음'으로 변환하고 "칸트를 읽고도 운동권이 될" 친구 '광운이'부터, 레닌이 되고 싶었지만 레닌이나 마르크스의 사상을 알고 나서 운동권이 된 게 아니었던 '사노맹 창수 형', 자취방 문을 부수고 들어가도 "내 새끼" 하고 반겨줬던 'NL 남철 형', 맨날 고향 얘기만 했으면서도 운동권으로 이끈 '종혜 누님'까지, 모두 함께 "낄낄대고 세상을 바꿔"낸 사람들이다.

그러니까 대학교 1학년이던 1985년 봄, "광주 시민들을 살해한 정부를 알게" 되어 "진달래 붉은 꽃잎만 보고도 울게" 되었던 시절, 그리고 "愛國의 방법이 다를 수 있다는 것을"(「略歷」), "애국의 방법이 다를 뿐"(「베를린, 6·25, NLL」)이라는 것을 "거리에서 깨"달았던 1987년 봄과 여름 사이, 시인은 '제일분식'과 '이모집', '계급 운동'과 '민족 운동', '레닌'과 '품성론' 사이 '골목' 어디쯤엔가 있었다.

> 골목, 제일분식에선 계급 운동이 막걸리를 마시고 이모집에선 민족 운동이 젓가락을 두드렸다. 이내 골목의 악다구니는 뒤섞여 바다로 갔다. 레닌과 품성론은 아직도 논쟁 중이었던가 보다. 우리가 형님, 누님 하며 낄낄대고 세상을 바꿔낼 때 잘 보이지 않았다.
>
> _「譜學」 부분

'레닌'과 대비되는 '품성론'이란 무엇일까? "칸트를 읽고도 운동권이 될" '광운이'와 "주체사상을 읽고 운동권이 된" '김영환'의 대비에서 시인이 생각하는 '품성론'의 실마리를 찾을 수 있지 않을까? '김영환'을 소거하고, 시인이 애틋하게 껴안는 친구 '광운이'를 바라본다면 '품성론'의 단초를 짐작할 수 있지 않을까?

인간을 수단이 아닌 목적으로 대하라 논파하고, 정치는 도덕 앞에 무릎 꿇어야 한다고 선언한 칸트에게 (무)의식적으로 공명한 '운동권'을 "칸트파 마르크스주의자"(가라타니 고진, 『트랜스크리티크』)라 부를 수는 없을까? 칸트의 '도덕'을 "공동체적 규범"(가라타니 고진, 『윤리 21』)으로 여기고, '유물론'을 "너희는 내가 세상에 평화를 주려고 온 줄로 생각하지 마라. 평화가 아니라 칼을 주려고 왔다"(마태복음 10:34)라는 '말씀'으로 갈무리한 자들 역시 '혁명가'로 볼 수 있지 않은가? 그러면 "레닌과 품성론"은 '레닌과 칸트'의 불완전한 제유가 아니겠는가?

사정이 이러하다면 "핀란드역엔 눈이 내렸겠지만 남춘천역 포장마차의 흔들리는 불빛이 없다"(「譜學」)면 "사상보다 삶이 먼저라 생각"(「어떤 진보주의자의 하루」)하는 시인에게 '혁명'은 또 무슨 소용이겠는가.

그러나 한때, 혁명가 흉내를 내었을 때 시인은 '아큐(阿Q)'였다고 자인한다. "나는 밤새 칼의 이름을 외었으나 무리에 합류하지 못했다네", "전염병처럼 혁명이 왔다가 카-알(Karl)만 남았다네. 정신적으로는 여전히 우월하다네"라고 노래되는 '阿Q'는, 빈 존재이자 관념의 존재다. 그러나 Q[큐]는 시작의 신호인바, '阿Q'는 비어 있는 알파벳 O에 '피뢰침'을 박은 존재이기도 하다. 각 행 첫 음절에 음가 없는 초성 ㅇ[이응]을 배치한 「가을 나그네」는 '피뢰침'을 박탈당한 어떤 '阿Q'에 대한 추모 시로 읽을 수 있다.

> 운명처럼 나는 먼 길을 가네
> 억새 흔들리는 바람 길
> 아스라이 날은 흐려, 어두운 길
> 얼마나 깊은 죄였나
> 열망을 이루지 못하였네
> 열에 들뜬 후회를 짊어지고
> 울 듯 울 듯 울지 못하고
> 역사가 버린 시대를 한탄하지 않고
> 엽서만 한 서사시를 남기고 가네
> 언제 共和國은 돌아올 것인가
> 입가 주름 사이로 새 나오는 한숨
> 어디 도착지를 모른 채 가네

억새 빛나는 황혼 길

어찌할 줄 모르는 순수만 남기고,

어떤 파국이 나를 반길까

울긋불긋 가을 속으로 가네

우울 한 점 지고 나는 가네.

_「가을 나그네」 전문

'공화국'의 귀환을 꿈꾸던, '파국'에 기꺼이 몸을 던진, '운명처럼' 먼 길을 간, 어떤 '阿Q'는 대중들이 길러내고, 사랑하고, 죽이고, 추모하는 존재다. "모든 이론은 회색이며 오직 영원한 것은 저 푸른 생명의 나무"라는 괴테의 말처럼 "역사가 합법칙적으로 발전한다는 생각만" 하는 "한국의 진보는 변증법의 맹신자"(「祈福」)이며, '영등포'에 있는 '자연사 박물관'에서 '자연사(自然死)'를 거부하는 "박제된 동물들"(「운동권 考古學」)인 동시에, 삶의 아우성이 잦아든 '자정'(「어떤 진보주의자의 하루」)의 존재들이다. 반면 "세계를 전복하는 건 광합성"(「당산나무 증후군」)이다.

「당산나무 증후군」에서 "생산자들에게 잘 보이기 위해 근엄한 표정을 짓는" '지식인'들과 '진보주의자'들을 '생동하는 삶'이 아닌 권력투쟁과 인정투쟁의 세계로 밀어 넣는 '보이지 않는 손'은 "거대한 나무의 밑동을 쓰다듬고 있"는 '민초(民草)', 즉 '풀'이다.

어쩌면 마르크스와 프로이트는 옳았을지 모른다. 그러나 "편서풍은 아직 자오선을 넘지 못했"(「당산나무 증후군」)다. 같은 경도, 다른 위도를 지닌 분단된 땅에서 혁명과 존속살인은 좀처럼 일어나지(를) 않는다.

2. 보라, 억압된 것이 회귀한다

지구 자전과 바람 방향과의 관계를 최초로 규명한 윌리엄 페렐은 "두 반구의 바람들은 서로 거울상의 모습으로 움직이는 것처럼 보였다. 두 종류의 바람 사이에는 암석이 아니라 공기로 만들어진 거대한 산맥이 놓여 있었다"라고 말했다. 신동호는 "이념화된 분단"을 거울로 삼은 남한이 북한을 '두려운 낯설음(uncanny)'으로 보는 것은 아닌가 묻는다. '두려운 낯설음'이란 원래 친숙했던 것이 억압되었다가 회귀했을 때 만들어내는 공포감의 일종이다. 남한이 거울 속에서 만난 것, "어둠 속에 있어야만 했으나 드러나버린 어떤 것"(셸링)은 오래전 자신의 모습은 아닌가.

그리하여 시인은 반문한다. "그가 박정희를 맘속에 담고 있든 그가 김일성을 맘속에 담고 있든 뭐가 그리 다른가 말이다"(「박철벽」).

> 눈발이 날리는 개성공단에서
> 러시아 샤프카를 쓴
> 조선노동당원을 만났다
> 정권이 바뀌던 해 세밑이었다
> 반갑게 손을 잡고
> 긴급히 토론할 일을 묻자
> 그냥 보고 싶어서였단다
> 봉동관에서 송악소주를 마시고
> 낮부터 넥타이를 풀었다
> 정치 없는 만남이 있을 수도 있다고
> 털게의 속을 하릴없이

이리저리 뒤적이다가

간혹 남북 관계를 걱정하기도 했다

항일 무장투쟁 시기의 눈보라나

지리산 얘기도 시시해지자

우리는 노동당식의 음담패설에

귀를 기울였다

밤은 깊어갔고 고요했다

눈이 수북이 쌓여가는 모양이었다

맑은 소주병 안으로

눈물이 고여가고

막내딸 걱정이나 첫사랑의 기억이

애절하게 떠올랐다

이래도 되는가 이래도

_「색동저고리」 부분

공기가 기압이 낮은 쪽으로 흘러가듯 "눈발이 날리는 개성공단"으로 감정은 흘러 들어간다. '조선노동당원'의 "노동당식의 음담패설"을 남쪽 시인은 써먹을 요량으로 받아 적고, 평양관광대학 출신 여성이 부르는 노래 〈색동저고리〉를 남북의 남성들이 '탁아소'와 '유치원' 아이들인 양 따라 부른다. '정권'과 '정치'에 대한 인식 구조를 '눈물'과 '첫사랑'의 감정 구조가 휘감을 때, 시간은 새로운 사건을 잉태한 '충만한 지금'(발터 베냐민)으로 공유된다. 그러나 '지금'을 언제까지 여기에 붙들어 맬 수는 없는 법. 이별의 순간 "언제 또 만나냐고 묻자/대답 대신 바람이 불"어 감정의 분자는 흩어진다.

「색동저고리」에서 '샤프카 모자'로 환유한 '북한 사람'을 다시 만난 건

'블라디보스토크'다(「짧은 여행의 기록」). 중·러 국경을 넘어 "인민군 팔군단 출신의 민경련 참사"와 함께 "러시아 쪽으로 오줌을 갈"길 때 "언 땅에서 김이 모락모락 솟"는다. 전날 블라디보스토크의 밤거리에서 "비굴하게 살아남은 친일파처럼" 국적이 명기된 '여권'과 돈이 든 '지갑'을 확인했던 화자는 '독립군처럼' 당당해진다. 어린애들처럼 함께 "오줌을 갈"기는 행위로 둘은 보다 친밀해진다. 심리학자이자 철학자인 윌리엄 제임스에 따르면 우리 몸이 사건을 지각하고 느끼며, 그 지각이 우리의 기억과 상상을 뒤흔든 후 비로소 그 신체 감각에 감정의 꼬리표가 붙는다고 한다. 감정은 몸, 근육과 내장에서의 유기적 변화로 구성되는 것이다. 감정은 직접적으로 일어나는 1차적 느낌이 아니라 신체 작용에 의해 간접적으로 일어나는 2차적 느낌이다.

과거와의 이별, 또는 단절을 형상화한 1부 시에서의 주요한 감각이 통각이었다면, 북한 사람과의 만남을 소재로 한 2부의 시편들에서 눈에 띄는 감각은 후각과 미각이다. 시인 스스로 "과거의 냄새는 이상하게도 지워지지 않는다"(「서울 탱고」)고 의문을 제기했으니 우선 후각과 냄새를 얘기하자. "남도 끝 분 냄새를 가져온 각시야" "오래도록 눈이 쌓이면 가끔 분 냄새가 그리워지겠지"(「묘향산 小記」), "임꺽정의 아내 운총이가/미나리 냄새를 확 풍기며 자작나무 숲으로 뛰어갔다"(「백별님」), "아직도 나는 동포들을 만나면 열이 오르고/광복군을 생각하면 아릿한 땀 냄새를 맡는다"(「방울꽃」), "가지취 냄새가 난다던 여승은 만나셨는지요/양강도 산수군 관평리 협동농장의 밤엔"(「국수」) 등이 후각적 이미지의 대표적 사례들이다.

다음은 미각과 음식이다. "핵실험 얘기도 그 친구의 입에서 나오면 신기하게도 구수했다"(「미인송」), "은어 알이 입속에서 터져 미각을 자극하는 순간/모든 선언과 확언이 의심스러워졌다"(「심양, 은어조림」). "여맹위원장인 여자가 토장국을 끓인다. 남자의 한숨이 군모를 들썩인다. '함북으로 간다.' 관모봉 자락의 눈보라가 기억을 끄집어내니 어깨 언저리가 시려온다"(「어느 부부」).

앞질러 말하자면 미각과 음식은 1부 마지막 시인 「평양냉면」에서뿐만 아니라 어머니에 대한 사랑을 담은 시 「치매」('미역국'과 '카레'), 사은(師恩)을 형상화한 「아름다운 손」('횡성 막장')과 「성천막국수」('성천막국수') 등의 중심 모티브라는 점에서 후각보다 보편적으로 쓰인다. 그에 비해 '냄새'는 남과 북, 나와 타자 간의 이질성을 해체하고 친밀성을 구축하는 중요한 감각이다. "김일성 만세를 부르며 사십 년 감옥을 사는 건 신념이라 부르고 박정희를 좋아하는 건 수구 꼴통이라 부른다. 냄새 때문이다. 물론 시각을 달리해 빨갱이, 근대화의 기수로 불리기도 한다. 냄새는 그래도 같다"(「서울 탱고」)고 시인은 말한다.

"시각을 달리"하면 의미가 뒤집어지기도 하는 광학적 착시 현상을 깨는 방안은 공기 속 '냄새 분자'를 맡는 것이다. 「색동저고리」의 "혁명가요는 잦아지고/운동가요가 서사에서 서정으로 옮겨가"는 '개성공단'은 「백별님」의 '자작나무 숲'과 포개지는 장소다. 양쪽 모두 '냄새의 분자'가 머무는 유체기학적 공간이며, 서사로 구별되는 공간이 아닌 서정으로 융화되는 장소다. 인간으로서 남과 북의 '냄새'의 본질이 같음을 확인한 시인은 '불순한 시어', 혀를 깨물고 발화를 금해야 할 '두려운 낯설음'들을 제출한다.

> 들국화 머리의 여자가 낡은 우산을 펴네
>
> 여자의 머릿속을 파헤쳐 주체사상을 들여다보고 싶었네
>
> _「정방산」 부분

안개 내려와 청천강에 잠긴다
보현사 대웅전에는 목탁을 놓은 서산대사가 서성인다
시간이 멀어지면 가난도, 선군 정치도, 대포동 미사일도
누군가 다르게 불러주겠지. 아, 염불이 멈춘 밤이라니

_「묘향산 小記」 부분

혁명은 선전선동으로 오지 않고
혁명은 조직화와 조직도로 오지 않고
혁명은 교양과 설복으로 오지 않고

_「국수-백석 생각」 부분

건설돌격대 출신인 아우는 교화소를 탈출해서
열아홉에 압록강 상류를 건넜는데
그때까지 연애를 못 해봐서 그리운 여자가 없다는데

개성 봉동관에서 처녀는 수작을 받아주며
남쪽 아저씨들에게 수령관을 심어주었을지 모르는데

겁도 없이, 핵을 포기하지 않는, 그 처녀가 보고 싶다
여름이 국정원 댓글처럼 비루하게 종북이 된 가을

_「사리원 처녀」 부분(이상 밑줄은 인용자)

시인은 '시'라는 상황과 '시 쓰기'라는 실천을 통해 정치·군사 용어들을 실용적·이데올로기적 맥락으로부터 분리해 '시어'로 등록하고 있다. 시인에 의해 탈(脫)신비화된 북한 사람들의 모습(「미인송」, 「어느 부부」)

과 시어로 등재된 '두려운 낯설음'의 시어들은 "이데올로기적 울타리에 틈을 냄으로써 역사의 바람 한줄기를 들어오게 하고 울타리 안쪽의 미학적 순수성을 오염시키려는"(테리 이글턴) 시적 전략의 성과다.

시인은 선포한다. "아직 끝나지 않은 반란이 낯설지?/허리까지 차오른 눈을 덥혀 우리는 길을 만든다"(「묘향산 小記」).

3. 서사와 서정, 국경과 연좌

"사상으로 친구를 선별한 적 없었"고, "서사를 늘 뒷전에 두었"(「심양, 은어조림」)던 신동호 시인은 서정주의자다. 그의 많은 시들에서 감지할 수 있는 것은 '서사 대 서정'의 구도 속에서 작동하는 '서사에서 서정으로'의 벡터다. 서사가 질서를 형성하려는 힘이라면 서정은 무질서를 지향하는 힘이다. 이미 잘 알려진 카오스 이론에 따르면 방향성을 가진 임의성은 놀라운 복잡성을 만들어낼 수 있다. 더 많은 사건의 가능성을 내포한 무질서로서의 서정의 힘이란 입 밖으로 분출되어 타자를 지향하는 힘이 아니라 "입속에서 터져" 자기부터를 내파하는 힘이다. 서정의 힘은, 폭발은 찰나에 불과하지만 매우 강력한 섬광을 지닌 조명탄처럼 자신을 둘러싼 세상을 총체적으로 조망할 수 있는 가능성을 연다. 「심양, 은어조림」은 단 한 톨의 '은어 알'이 입속에서 터지기 위해, 단 한 '방울'의 눈물이 은어조림 위에 떨어지기 위해 모든 힘을 기울였던 서정의 기록이다.

> 은어 알이 입속에서 터져 미각을 자극하는 순간
> 모든 선언과 확언이 의심스러워졌다

그때, 눈앞에 앉아

황해도와 평안도의 수해를 걱정하던 친구

은어조림으로 떨어진 그의 눈물만 빼고

조심스럽게 쌀을 언급하던 그 목소리만 빼고.

_「심양, 은어조림」 부분

위 시에서 시인이 "자본주의의 위선"과 "중년의 위선", 나아가 "모든 진보"를 의심할 때, 또 다른 시 「방울꽃」에서는 "만주국의 기억을 제거한 아스팔트" 위 "삼성전자의 광고판이 도시를 가로질러/만주 벌판의 저 끝까지 연이어 지나"가는 풍경을 묘사하고 있다. 그렇다. '자본주의'야말로 '진보'의 동력으로 '선언'된 힘이 아니던가. '삼성전자'야말로 한반도와 중국을 가로지르는 확증적 힘이 아니던가. 그러나 '자본'은 이차원적으로 행군할 뿐이다. '자본'에게는 높이와 깊이를 탐색하는 반성의 촉수가 없다. '자본'에게는 오직 자신의 서사로 세계를 완성하려는 의지에 따라 '평평한 세계'를 만들기 위한 '평탄화 작업'만이 존재한다.

시인에 의하면 서사는 정체성을 위해서만 차이를 생산하고, 외부에 대해서만 내부를 구성하는 '종파' 원리에 가깝다. 반면 서정은 서사의 강고한 선형성을 해체하는 힘이다. 서정은 돌연 '입속'에서 터진 '은어 알'이며, "황해도와 평안도의 수해를 걱정"하며 "은어조림으로 떨어진 그의 눈물"이며, "조심스럽게 쌀을 언급하던 그 목소리"다. 한 톨의 '은어 알'과 한 방울의 '눈물'과 조심스러운 '목소리'는 서사, 또는 서사로 구획된 시공간을 총체적으로 변질시킨다. 식민지의 기억, 남북 분단의 날카로운 선(sharp line), 영토의 경계 따위를 중층적으로 뒤섞고 결국에는 차이를 무로 되돌리는 화학적 오염이야말로 서사의 악몽이 아니겠는가.

〈거위의 꿈〉을 들으며 에레나가 비닐 장판 위에 떨군 눈물의 세월을 기억
한다. 검은 피부에서 흐르던 땀방울이 오히려 더 맑게 빛나던 그날 밤. 대서
양을 건너던 노예선과 전쟁의 비극이 한 줄기 서사로 다가왔다. 혁명사의 곁
에 흑인 노예의 역사가 나란히 꽂힌 인민대학습당, 그 서고를 떠올려보는 건
그들의 가슴에도 노을이 지기 때문이다.

_「인순이」 부분

국가라는 관념은 '국가 서사'와 분리할 수 없다. '흑인 노예사'와 '한국 전쟁사', 두 개의 서사를 시인은 '한줄기'로 엮지만, '인민대학습당'으로 상징되는 북한의 인식 체계가 용납할 수 있는 최대의 관용이란 미국사로부터 '흑인 노예의 역사'를 분리하는 것이다. 이성적으로 추출된 '흑인 노예의 역사'는 '혁명사'와 병립은 가능하지만 얽힘은 불가능하다. 그러나 시인은 낙관한다. 분리된 서사는 노래로 엮이고, 분별하는 인식은 서정으로 해체되리라는 것을. '노을이 지'는 '가슴'에는 언젠가 '눈물'과 '땀방울'이 떨어질 것이기 때문이다.

백두산은 문맹처럼 그저 시시덕거렸다
임꺽정의 아내 운총이가
미나리 냄새를 확 풍기며 자작나무 숲으로 뛰어갔다
글을 익힌 꺽정이만 걱정이 많아 보였다

_「백별님」 부분

「백별님」에서 '백두산'은 국경에 연좌한 공간이자 서정이 분자처럼 분포한 장소다. 조선의 식자들은 백두산정계비(1712)가 세워진 이래 백두산을 한·중(청) 국경을 구성하는 표지(標識)로 인식해왔다. 그럼에도

정작 '백두산' 자신은 '문맹'이다. '백두산'은 '임꺽정'의 서사-투쟁-공간이 아니라 '운총이'의 서정-잉태-장소다. 온갖 냄새, 서정의 분자로 가득 찬 원시림, 한 그루 한 그루의 '자작나무'가 모두 '당산나무'인 곳, "머릿속 문자들을 모두 지우고 학습된 몸짓도 모두 잊고" '생(生)'과 만나야 하는 그곳이 '국경'일 리 없다.

「구만리」는 이용악의 「전라도 가시내」(『시학』, 1939)를 떠올리게 한다. 이용악은 "실질적인 민족해방문학을 강력히 지향한 시인"(윤영천, 「민족시의 전진과 좌절: 이용악론」, 『서정적 진실과 시의 힘』, 창작과비평사, 2002)이라 평가되거니와, 그의 「전라도 가시내」 역시 "저열한 비정치주의가 난무했던" 시대에 "건강한 현실성"을 담보해낸 시로 고평된다.(윤영천, 앞의 글) 「구만리」에서 "만주까지 하얀 발목에 먼지를 묻히며 걷던 전라도 가시내는, 북간도 주막까지 가지 못하고 여기서(화천-인용자) 청산가리를 삼켰다". 분단된 남쪽에서 올라갈 수 있는 북쪽 끝, "거대한 포로수용소"(「포로수용소」)가 압출(壓出)해버린 죽음은 원통하다.

> 위로해줄 사내도 없이 위장이 녹고 심장이 썩어가는 동안 영혼은 원산을 지나 회령으로 가는 길, 아직 길쭉한 발가락이 떨어져 나가기 전, 철조망에 걸레처럼 걸려 휘날리기 전, 변방이라는 관념이 고집스럽게 우겨지는 동안, 독립군 대신 국방군 상병의 치근덕을 받아주다가, 목울대부터 썩어버려 이제 울음소리도 내지 못하는, 아 까투리 같은 여자.
>
> _「구만리」 부분

자기의 시대를 특정한 과거 시대와 직렬하고자 하는 의식이 새로운 시적 성좌의 윤곽을 빚어낸다. 식민지 시인 이용악이 "나는 죄인처럼 숙으리고/나는 코끼리처럼 말이 없다/두만강 너 우리의 강아/너의 언덕을 달리는 찻간에/조고마한 자랑도 자유도 없이 앉"아 있을 때(「두만강 너 우리의 강아」,『낡은 집』, 1938) 2014년의 시인은 "이제 종점에 내리면 무리로부터 벗어난 늙은 코끼리처럼 터벅터벅 무덤을 찾아가야 할까"(「늙은 코끼리」), "조국아, 국토야/함께 술잔을 나눌 영혼들을 돌려다오"(「국경」)라며 연좌(連坐)해 절규한다. 시(서정)적 연좌는 시공의 경계를 넘는 힘이다. 그러나 법(서사)적 연좌(緣坐)는 삶을 포박한다.

> 2002년 가을 금강산에서 나는 비로소 정직해지길 원했다. 북녘의 친구들이 아버지의 과거사를 물었을 때 난 그랬다. 일제시대 수도 기술자였던 할아버지는 신의주로부터 여수까지 수도를 놓았다. 그것이 일제에 도움이 되었다면 울 할아버지는 친일파다, 라고 말해버렸다. 연좌제가 무서워 본적까지 바꾼 아비가 비겁했다면 내 가족사는 유신의 편이었다, 고 말해버렸다.
>
> _「移葬」 부분

아버지의 '작은형'과 군인이었던 '큰형'이 조우한 곳이 다름 아닌 '여수'의 '처형장'이었다는 사실은 충격적이다. 그럼에도 유년기 "연좌제는 내 단어가 아니었다"고 시인은 말한다. 스무 살이 넘어서야 "여수에서 춘천으로 본적지가 바뀌었다는 걸" 알았고, "학살이 광주에서 이뤄지는 동안, 전라도 것들이 정의를 외치는 동안 보잘것없는 가족사가 여수를 통해 찬란해지길" 바랐을 뿐이다. 그리고 이중의 고백이 이뤄진다. '북녘의 친구'들에게 '할아버지'와 아버지의 과거사', '가족사'를 '정직'하게 고백해버린 시인은 자신 역시 그동안 '아들'의 '미래'를 걱정했던 '소심한 아비'였다고 고백한다. "분단을 희롱하고 싶지만/농현은, 국악엔 있고 삶엔 없"기 때문이기도 했다(「性에 대하여」). 그는 "혼자 분단의 두려움에 떨고 있"는 사람이었으며(「장촌냉면집 아저씨는 어디 갔을까?」), "종북과 종북 아닌 것/그 경계에 자유가 있다고 여겼"던 사람이기도 했다(「포로수용소」). 그런 시인이 "교화소를 탈출해서/열아홉에 압록강 상류를 건넜"던 "건설돌격대 출신인 아우"(「사리원 처녀」)의 신산한 삶을 보듬어 주기도 한다.

이제야 철조망이 보인다
나는, 내가 자유인인 줄 알았다
망명의 꿈도 꾸지 못하는 포로였음을
사랑을 의심하고서야
종북과 종북 아닌 것의 사이에서
담배도 못 피우고 있었음을 알고 나서야
탈출할 곳도 없이 경계를 넓힌
한국이라는 이 거대한 포로수용소에 갇혀서
이토록 오래 자유인인 줄 알았다
종북이 아닌 이유를 손꼽아 생각해보다가
사랑을 버리고 눈물을 감춰야 했다

죽음이 곁에 있었다는 걸 몰랐던
수용소의 밤이 오늘도 깊어간다
여태, 잘도 목숨을 부지했다.

_「포로수용소」 부분

2부의 시 「사리원 처녀」를 읽고 3부의 시 「포로수용소」에 이르면 "건설돌격대 출신인 아우"가 넘었던 것이 '국경'이 아니었음이 드러난다. '아우'가 "압록강 상류"를 건너 결국 도달한 곳은 또 다른 '교화소', "한국이라는 이 거대한 포로수용소"였다. "국정원과 주사파의 표적"(「性에 대하여」)이 되었어도 "가슴은 왜 차가워지지 않는 것일까. 왜?"(「베를린, 6·25, NLL」)라며 절규하고, "'나'를 발견한 전쟁은 오래 기억되어/반공을 전각처럼 새긴 국민이 되었는데/나는 무엇을 새긴 인민인가"(「마른 옥수수」) 회의하는 시인이 원하는 건 참된 '국경'이다.

태생적 존재 의식이 방황할 때
삶의 위치가 혁명적으로 변화할 때
생의 근원을 확인하는 경계선이 국경이다
그 국경이 내게는 없다

국경에 서서 타자(他者)를 봤어야 옳다
애절한 사랑의 실체가 잡히지 않는다
中國도 아메리카도 관념 안에서 머문다
왜곡된 시공간을 바라볼 기준선이 없다
국경이 없으니 슬픈 이유조차 모르겠다
결의에 찬 나를 데리고
장엄한 황혼으로 건너갈 경계선이 모호하다

국경이 없다, 내게 국경을 돌려다오
조국아, 국토야
함께 술잔을 나눌 영혼들을 돌려다오.

_「국경」 부분

위의 시 「국경」에서 시인은 동시대의 소설가 '김하기', 「국경의 밤」을 쓴 '김동환',「북간도」의 '안수길',「송인」의 고려 시인 '정지상', 포수이자 독립군이었던 '홍범도', 그리고 김산으로 더 많이 알려진 사회주의 혁명가 '장지락'을 호출하고 있다. '김하기', '김동환', '안수길'이 넘은 두만강이 "마음의 경계"였다면 '정지상', '홍범도', '장지락'이 넘은 두만강이야말로 '국경'이다. 요컨대 시인에게 '국경'은 극적 행동을 넘어 "생의 근원을 확인하는 경계선"이어야 한다. 동시에 '친숙한 것'을 '두려운 낯설음'으로 억압하는 기제가 아닌 '타자의 낯설음'을 발견할 수 있는 장소여야만 한다.

"국경에 서서 타자를" 보는 행위는 '타자'에게 '나'를 보이는 행위이기도 하다. 본시 '본다'는 언제나 상호주체적인 바라봄이다. 메를로 퐁티의 말을 빌리자면, 그것은 대자의 조망, 즉 나의 나 자신에 대한 관점과 타자의 타자 자신에 대한 관점뿐 아니라 대타의 조망, 다시 말해 나의 타자에 대한 관점과 타자의 나에 대한 관점이 불일불이(不一不二)로 얽히며 만들어내는 바라봄이다. 내 안에서 국외적 정관자(靜觀者), 타자의 지각을 발견하는 장소가 '국경'인 것이다. 결국 '국경'은 회의와 반성이 코기토를 넘어서는 곳, 내가 역사적 상황에 육화되어 '세계로의 존재'로 도약할 수 있는 바로 그곳, 로두스(Rhodus)다. 그러나 시인은 실패한다. '베를린'에서조차.

> 소식에는 절망이 묻어 있다.
> 어쩌면 절망을 예감하고 미리,
> 그 절망을 견디기 위한 예방주사를 놓고 있는지 모른다.
>
> 아버지, 애국의 방법이 다를 뿐이에요.
> 혁명하지 않을게요.

비가 내리잖아요.

집이 그리운 건 책임감 때문이다.
나라를 걱정하는 건 단지 태어난 죗값이다.

_「베를린, 6·25, NLL」 부분

신동호의 시는 자주 '애국'이라는 인계철선(引繼鐵線) 주위를 서성인다. 그때마다 서정이 경계음처럼 울려 퍼지지만 시인은 행로를 쉽게 바꾸지 않는다. "정치가 역사를 불러낸다"(「사막촌 주막」)면, 역사는 시인을 호명한다. 역사와의 연좌를 회피하지 않으려는 부채 의식, "태어난 죗값"으로 시인은 자신의 시 속에 딱딱한 서술문을 박아 넣는다. 시인은 희망보다는 실패를 현실과 미래의 탐침으로 후대 '발굴자'들에게 넘겨주고자 한다. 「운동권 考古學」에서 시인은 자신의 실패를 밑천 삼아 희망에 내기를 건다. '운동'으로 인해 "변화된 세상은 일찌감치 기억을 지워야 한다. 거기서 민들레는 핀다. (중략) 거기서 계보는 써진다. 다시."

휴전선을 비롯해 해안선, 기후선, 삼림수목선, 식물분포상한선 모두 실상 비자연적인 선이자 '신화'적인 선이다. '계보' 역시 마찬가지다. 어떤 계(界)도 선에 의해 절단된 채 존재할 수 없다. "신화는 신화의 주인공을 위해 쓰여진 것이 아니다. 신화는 살아 있는 자들이 쓰라린 과거를 잊기 위해 쓴 자위적 이야기다"(「서울 탱고」)라고 말하는 시인은 선(線)적 서사를 공간적 넓이(spatial width)를 지닌 서정에 융화하는 작업에서는 일정한 성취를 이루고 있다. "실패를 예감한 행동"(「서울 탱고」) 특유의 우울 속에 '특권화된 자서전적 주체'의 흔적이 없기 때문이기도 하다. 그러나 시의 생명력은 시인이 기획한 시적 좌표에서 벗어나는 데 있지 않겠는가. 서정과 서사를 축으로 한 데카르트 좌표상에서, 해석할 수 있을 때는 지각할 수 없고 지각할 수 있을 때는 해석할 수 없는, "지표면을 벗어난 돌멩이 하나" 만들어내는 게 시인의 보람 중 하나 아니겠는가.

4부에서 나는 서정에 홀린 시인을 만났다.

4. 포유류의 버릇, 어머니의 성좌

여름내 기억은 뒤로 걸었다. 황혼에게 입을 맞추고 나자 포유류의 버릇이 밤을 서성댔다. 유효 날짜가 지나 호적등본은 제출할 수 없었다. 열아홉 같은 여름이었다.

아버지가 계셨다. 잉어의 비린내가 물속 기억을 건져냈고 진화의 몸부림이 그물을 찢어냈다. 목구멍 깊은 곳에서 바늘 몇 개를 꺼냈지만 여전히 어른이었다.

저물 무렵 여름이 그늘 속으로 숨어들었다. 바람은 떡갈나무 잎 뒤로 도망갔다.

아버지, 내 안의 야생성은 당신에게서 온 거 맞지요? 겨울 화원의 꽃은 너무 아름다워요. 양식된 것들은 결국 제 스스로 혀를 깨물 거예요.

쓸개를 삼키자 강이 뜨거워졌다. 무성해진 털이 곤추섰고 검문소의 초병은 여름이 지나도록 졸았다. 통행증은 재발급을 잊었고 나에게는 황혼만이 길잡이가 되었다.

등으로 개미가 기어가는 여름이었다. 기억이 수몰된 여름이었다.

_「破虜湖」 전문

1부에 실린 「겨울 경춘선 2」와 맞물려 해석의 소용돌이를 일으키는 시가 바로 4부의 시 「破虜湖」다. '겨울 경춘선'과 '여름 파로호'가 빚어내는 흑백 이미지의 대조는 극명하다. 「破虜湖」는 또한 1부의 첫 시 「略歷」과도 연맥이 있다. "등으로 개미가 기어가"고 "기억이 수몰된" '여름'의 '기억'이 「略歷」에서 "등이 간지럽고 가슴에는 통증이 오"는 것으로 되살아나고 있다. 「破虜湖」에서 '재발급'이 중지된 '통행증'은 기어이 '통증'(「略歷」)으로 재발된다.

'오랑캐를 격파한 호수'라는 뜻의 파로호는 일제가 1940년에 착공해 1944년 완공한 화천댐에 물을 가두면서 생겨났다. 한국전쟁이 극에 달했던 1951년 봄, 미 제9군단과 국군 6사단은 '춘계 대공세'를 펼친 중공군 3개 연대와 북한군을 맞아 이곳에서 격전을 펼쳤다. 그 이후 북한군과 중공군 수만 명을 수장(水葬)한 호수라 하여 파로호라는 이름이 붙었다. 파로호에는 사계절 낚시꾼들이 모여든다. 특히 파로호 잉어는 낚싯줄 당기는 힘이 좋기로 유명한데 "중공군 시체를 먹고 자란 잉어라 힘이 세다"는 농이 낚시꾼들 사이에 퍼졌을 정도다. 이 시에서 주목한 시어는 '진화의 몸부림'이다. 시인은 "잉어의 비린내가 물속 기억을 건져냈고 진화의 몸부림이 그물을 찢어냈다"고 썼다.

스티븐 제이 굴드는 진화를 "진보가 아니라 다양성의 증가"라 정의한다. 시에서 '수몰된' 것은 중공군과 북한군이 아니라 '기억'이다. "잉어의 비린내가 물속"에서 건져낸 것 역시 '기억'이다. 그 '기억'이 '진화의 몸부림'으로 "그물을 찢어"낸 것이다. 중공군과 북한군이라는 '적의 죽음'에 대한 서사가 '인간의 죽음들'에 관한 서정으로 진화한 것이다. 「幼

年의 辭說」은 서정이 만개한 지경을 보여준다.

> 5
>
> 걷다, 먼 강둑의 끝. 큰아버지의 등이 따스하던 오토바이 뒷자리, 바람의 한 자락이 귓가를 베고 지나가다. 핏빛. 붉음과 푸름의 차이를 인식하다. 바람의 속도를 경외하다. 강둑을 아주 천천히 걸으며 강의 내면을 들여다보다.
>
> 6
>
> 파로호를 뒤덮던 까마귀 사이, 두루미 한 마리. 그날 밤 내내 강가에 앉아 검정 고무신을 닦고 또 닦았다. 마음의 구정물이 그치지 않고 흘러내리는 기분이었다. 아버지가 무궁화 둘이던 그 아이, 다소곳이 모은 두 발. 괜한 돌팔매질, 계곡 깊숙이 멀어져가던 까마귀 울음소리.
>
> _「幼年의 辭說」 부분

윌리엄 블레이크는 한때 이런 말을 했다고 한다. "나는 황야의 끝까지 걸어가 손가락으로 하늘을 만졌다." 「破虜湖」에서 "황혼에게 입을 맞"춘 '포유류'는 다시 '황혼만'을 '길잡이' 삼아, 늙은 기계 수리공의 '손'에서 '과일향'을 맡고(「영등포」), "同類. 긴팔원숭이이거나 오스트랄로피테쿠스"를 감지하고(「서울역」), 스승의 '굳은살' 박인 '손'에서 근육이 지닌 '아날로그'적 힘을 목도한다(「아름다운 손」). "면 삶는 냄새를 콧등에 남긴 오후"(「성천막국수」)를 즐기다 "강을 건너고 산맥을 올라/대지와 더불어 숨을 쉬고/큰 어깨와 단단한 발목의 사내들이 돌아올 때"를 노래

한다(「그리운 초원」). "死海로 향한 길목"에 '황혼'이 질 때 '팔레스타인 가자'의 아이들을 위해 '기도'를 올리고(「아, 팔레스타인」), "시베리아 서쪽 끝을 향해" 걸어가는 "황혼에 젖은 별"을 바라본다(「별」).

'황혼'에 착색된 '포유류', 그의 별자리 한가운데 어머니 '달'이 오롯하다.

> 달에게 빌었던 어머니의 소원 중 몇 번의 소원이 이뤄졌을까. 대부분은 이뤄지지 못했을 거 같다. 대부분은 자식들 잘되길 빌었을 터이니 말이다.
>
> 달에게 빌었던 나의 소원 중 몇 번의 소원이 이뤄졌을까. 대부분은 이뤄지지 못했을 거 같다. 대부분은 나부터 잘되길 빌었으니 말이다.
>
> 이제 자식들 잘되라고 소원을 빌 나이가 되고 보니, 어머니의 둥근 등이 보름달이었음을 깨닫는다. 달에 업혀서 잠든 세월이 있어 달이 그리웠던 게다.
>
> 달에게 빌었던 소원들이 아직 이뤄지지 못한들 어떨까. 달그림자가 길어질 때 어머니와 나의 밤엔 또 하나의 그리움이 피어날 터이니 말이다.
>
> _「달」 전문

이제 서정은 '어머니-달'의 존재로 인해 파괴되지 않고 견딜 수 있는 임계응력을 얻은 듯하다. 그리하여 서정은 '지평선'(「그리운 초원」) 너머로 흩뿌려지되 "사랑이 돌아오리란 확신"(「별」)처럼 결코 유실되는 법이 없다. "이름 부를 수 있는 것이 모두 아름다움으로 살아/빛나는 저녁"(「그리운 초원」) 어머니-달을 중심으로 한 서정의 성좌는 이념의 기만, 자본의 위선, 서사의 삿된 계보, 생의 분리선 들이 난맥으로 뒤덮인 울울(鬱鬱)한 도시의 하늘 틈으로 페로몬처럼 빛의 조리를 흘러들게 함으로

써 시인의 근육과 후각을 살아 움직이게 만든다.

'포유류'인 시인에게 필요한 단 하나의 서사는 '어머니의 이력'이다. 시인에게 '어머니의 이력'은 모계에서만 유전되는 미토콘드리아 DNA, 서정의 발전소다.

> 1955년 열네 살, 양친을 잃고 소녀 가장이 됨
> 학교 그만둠
> 여동생 둘, 남동생 하나를 돌보며
> 남대문 편물점에서 시다로 기술을 배우기 시작함
>
> 1956년 열다섯 살, 실을 감고 풀기 일 년 만에
> 손뜨기를 배움
> 남는 실을 모아 막냇동생의 양말을 완성함
>
> 1957년 열여섯 살, 코바늘뜨기를 익힘
> 대바늘뜨기로 니트웨어 정도는 너끈히 만듦
> 막냇동생을 장충국민학교에 입학시킴
> 바지를 떠 입학식에 입혀 보냄
>
> 1959년 열여덟 살, 보조 생활을 마감함
> 기계 편물을 배우기 시작함
> 편물 수요가 치솟으면서 잔업과 철야가 많아짐
>
> 1961년 스무 살, 대바늘뜨기는 눈감고도 가능해짐
> (기술자라 불리지 못하고 여공, 공순이라 불림)

손바닥에 굳은살이 박이고 엄지손이 갈라짐

지방에서 편물 제품을 요구하기 시작함

편물 기계 하나를 가지고 강원도 화천에 감

눈코 뜰 새 없이 일을 하고

잠을 쫓기 위해 박카스를 먹기 시작함

1962년 스물한 살, 서른두 살 노총각을 만남

직업이 없었지만 친절함에 반해 결혼함

*

이것이 어머니의 이력서다.

60년대와 70년대 공순이로 불린

평화시장, 창신동에서 시다를 거쳐 미싱사가 된

원풍모방과 YH에서 소녀 시절을 마감한

모든 어머니들의 이력서다.

_「어머니의 이력서」 전문

리얼리즘이 무엇인지는 리얼리즘이 무엇을 하는지를 보면 안다고 했다. 시가 무엇인지는 시가 무엇을 하는지를 보면 알 수 있지 않을까. 어쩌면 시란 읽고 나서 모두 잊어버리고 난 뒤에 남는 그 무엇이 아닐까. 나는 감히 시인을 낳은 "모든 어머니들"께 사랑과 감사의 인사를 전하고 싶다. 지금도 나는 다시 형의 시에 대하여 말하고 싶다.

"언젠가 꽃이 지면 우리의 기억도 사라지겠지/편협한 독서를 한 또 누군가에 의해서"(「방울꽃」).

삶은 자주 시와 엇박자를 냈다. 시로 모든 걸 말하려다가 시를 잃었다. 시가 멀어져가면서 꼭 시를 쓰지 않아도 시인이 될 수 있다고 억지를 부렸다.

십 수 년 동안 평양과 개성, 금강산과 중국을 다녔다. 그나마 시적 상상력이 허용되는 공간이 있어 다행이었다. 익숙한 낯섦, 그 의외의 곳에서 시가 돌아왔다.

고등학교 문예부 시절 나는 노화남, 최종남, 최돈선 세 분 선생님의 그늘에서 시를 썼다. 대학에 입학해서는 거리를 떠도는 시간이 더 많았지만 이승훈, 이건청, 김용범, 박상천 네 분 선생님의 은혜 아래에서 시를 붙잡았다.

문학으로 보답할밖에 없다.

생명이 생명의 상처를 아물게 할 터이지만 슬픔이 언제

잦아질지 잘 모르겠다. 이제 겨우 스무살 적 받은 광주의 충격으로부터 벗어났지 싶었는데 너무 아픈 봄을 지났다. 지상의 꿈을 수탈(收奪)당한 세월호의 아이들과 그 또래들에게 이 시집으로 사과하고 싶다.

시를 쓰면서 늘 내 세계에 대한 확신을 갖고 살았는데 유독 어머니에겐 죄송했다.

작지만 위로가 되면 좋겠다.

2014년 6월, 종로5가에서

신동호